LE BONHEUR À L'ÉCOLE

Dominique Deconinck s'est tout d'abord occupée d'enfants en difficulté scolaire dans le Val-d'Oise. Puis elle fut directrice d'un établissement dans la banlieue nord de Paris. Aujourd'hui, elle est professeur des écoles et forme également de futurs enseignants.

Le Bonheur à l'école
se prolonge sur le site www.editions-iconoclaste.fr

ISBN : 978-2-253-19478-1 — 1re publication LGF

DOMINIQUE DECONINCK

Le Bonheur à l'école

Journal d'une instit

L'ICONOCLASTE

À Clément, à Henri, à Flore
À tous les Arthus…

« Toutes les grandes personnes ont d'abord été
des enfants, mais peu d'entre elles
s'en souviennent. »

Antoine de Saint-Exupéry
Le Petit Prince

1

Chaque jour a son matin…

J'aime arriver très tôt à l'école, j'ai toujours aimé cela. Quand la ville s'éveille à peine. Enfant, je savourais le chemin vers mon école communale d'une bourgade de Dordogne. J'aimais le rituel des préparatifs, les vêtements posés sur la chaise, le cartable ouvert rempli de cahiers et de livres qu'il fallait refermer à la hâte. Puis en route, je m'amusais à deviner l'intérieur des maisons éclairées. Nous étions quatre filles, choyées par nos parents, mais, j'ignore pourquoi, je me sentais mieux dans la petite foule des écoliers que dans l'intimité familiale. Nulle part ailleurs je n'existais avec autant d'intensité. À neuf ans, il a fallu déménager pour suivre mon père, vétérinaire, attiré par un poste à l'étranger. Ma dernière année d'école primaire se déroula sous le soleil d'une ville tunisienne, La Marsa, alanguie en bord de mer, non loin de Tunis. Sous les bougainvilliers, on dépassait le glacier Chez Salem, avant d'enfiler une série de petites rues qui aboutissaient à la grille de l'école française. Posté là, un vieux marchand de graines de tournesol – « glibettes » en arabe – répétait « Je suis là, j'ai besoin d'argent. Je suis là, j'ai besoin d'argent », mais ne manquait jamais de me glisser deux ou trois graines dans la main. Aujourd'hui, à quarante ans passés, dans les rues parisiennes, mon élan est intact. Je vais à l'école.

À 7 h 30, j'accélère le pas, ma sacoche de cuir rouge à la main. Dans les bistrots, des ouvriers avalent un café avant d'attaquer leur journée, eux aussi ils sont du matin. Leur tenue dit tout de leur métier, entre marteaux-piqueurs, enduits et plâtre, la mienne aussi sûrement. Je ne peux mentir sur ce qui m'attend : récréations sous la pluie, escaliers empruntés dix fois par jour, craie sur les doigts, classe surchauffée. Bref, je n'aborderai jamais ce trottoir en talons aiguilles, bas de voile et jupe serrée. Concentrée, j'égrène mentalement la liste des petites obligations de la journée : les photocopies d'un texte en format A5 (j'espère qu'Anna sera là pour m'indiquer la bonne touche), l'appel à l'orthophoniste de Lâam à 12 h 30 (aller au secrétariat pour prévenir Isabelle que j'utiliserai son téléphone), le rendez-vous avec les parents de Samia (pourvu que le mot soit signé cette fois).

En Dordogne, une fois franchie une vieille grille, un passage bordé d'arbres nous guidait jusqu'à une cour ornée de marronniers. Le tout immense dans ma mémoire, mais sans doute pas tant que ça en fait… Dans mon école tunisienne, je me souviens de ces senteurs d'eucalyptus qui m'accueillaient. Ici, c'est sous un simple porche frappé d'une plaque « École maternelle et élémentaire » que je passe chaque matin. L'enseigne est modeste mais j'en franchis toujours le seuil avec le même enthousiasme… J'aime mon métier, je l'ai choisi il y a plus de quinze ans, et je m'en réjouis chaque jour.

Je suis enseignante en primaire, maîtresse d'école, ou encore professeur des écoles. Mais aucun de ces termes ne me satisfait. Je ne me reconnais que dans un seul mot : instit. Pas institutrice qui renvoie trop à une image vieillotte de femme sévère au chignon gris. « Instit », ça résonne ! Ce mot porte en soi une énergie créative, un altruisme réfléchi, une force de persuasion, une maîtrise expérimentée. Mais tout le monde ne perçoit pas cette résonance… Une vieille amie d'une vieille tante, assise droite dans son vieux fauteuil, s'inquiéta un jour de mon devenir. « Je suis instit. » « Ah bon, seulement ? » Sa moue dépitée prouva qu'elle attendait davantage de mon passé d'élève sans histoire. Elle m'aurait bien vue avocate, médecin ou professeur, mais à l'université… Mais non, j'étais juste instit, du gâchis à ses yeux. Jugement hâtif révélateur d'un certain milieu : instit, c'est bon pour les prolos, les fonctionnaires… Mais non ! Instit, c'est génial !

« Une école à taille humaine », m'avait annoncé Mme Delle du bureau des affectations. Cette expression sonnait juste et m'a tout de suite donné envie. Plus qu'une toute petite école, c'est « une école de poupée », comme l'a dit ma sœur venue me voir un jour. J'ai connu auparavant plusieurs établissements, essayé en vain d'adopter de grands bâtiments, boulimiques d'escaliers identiques, de vitrages aux mêmes dimensions, de stores certifiés conformes. J'ai tenté de me sentir chez moi dans des étages regroupant une dizaine de classes, où se croisaient au pas de course un nombre incalculable d'adultes que je n'arrivais pas à connaître. Une école à taille inhumaine ? Je m'attachais à ma classe comme à un canot de sauvetage arrimé au pont d'un paquebot. J'ai navigué avec mes élèves, mais pas avec cette école-là. Puis est survenu un changement de vie et de ville, j'ai alors jeté l'ancre à l'école Saint-Exupéry.

Son porche s'ouvre sur un espace circulaire, baptisé petite place, dominé par les hautes fenêtres des bureaux de l'administration. Enfant, j'observais souvent les maîtres et les maîtresses entrer en salle des profs par un perron en pierre, puis passer et repasser derrière les carreaux de fenêtre identiques. De la cour de récréation, fascinée, je suivais leurs mouvements sans les comprendre, et leur prêtais une vie trépidante. Ce lieu réservé aux seuls adultes était mystérieux. C'est dorénavant mon univers… sous l'autorité de Marina, notre directrice. On la croirait là depuis des siècles tant elle tient avec aisance ce poste de vigie. Les parents disent d'elle qu'elle est « très présente », un compliment pour une directrice d'école.

Dans quelques minutes se bousculeront ici parents, enfants, nounous, surveillants, maîtres venus de tous horizons. Mais à cette heure matinale, seuls mes pas résonnent sur la cour pavée. J'emprunte le passage allant vers la cour de récréation. Voilà, c'est ici. On est à l'école. Dans l'école. Jusqu'à 16 h 30, elle bourdonnera de son activité coutumière. Au travers d'une porte de verre fumé, je devine Anna à la photocopieuse. Je file vers ma classe. CE1-B, premier étage, au fond à droite. Ouvrir la porte… Une impression de frais, de renouveau. Comme à chaque fois que l'on entame un nouveau cahier, d'une écriture particulièrement bien tenue. Avant 8 heures du matin, la classe reste un lieu privé, intime. Ici, je me sens chez moi. La lumière clignotante des néons chasse la nuit, un silence bienveillant règne encore. D'un regard, je balaie l'ensemble des tables d'écolier qui semblent attendre leurs propriétaires. Dans les cases de bois fixées sous chacune d'elles, cahiers et livres cohabitent avec ardoises et trousses. Une fois de plus, je vais devoir aider certains à organiser cet espace minuscule. Si Romane peut viser la palme d'or du casier impeccable, Lucie devra s'armer de patience pour retrouver le moindre objet sous l'amas de feuilles de brouillon et de dessins pliés en accordéon. Au vol, je griffonne sur mon bloc-notes : Lucie casier. Premier des mille petits messages adressés à moi-même tout au long de la journée.

Souvent, j'ai constaté le peu d'évolution de la salle de classe depuis l'école de Jules Ferry. Les gravures anciennes, les photos d'époque, les musées-écoles montrent que ce lieu est resté un peu hermétique aux changements du monde extérieur. Pourtant, les open space ont redessiné les bureaux, les magasins ont réinventé leurs présentoirs et la majorité des services publics ont repensé leurs espaces d'accueil. Mais les classes, elles, résistent.

Ma propre scolarité s'est effectuée, comme tant d'autres, au milieu d'affichages bigarrés : les tables de multiplication, les conjugaisons des verbes être et avoir, la carte de France, le modèle des lettres en majuscule, les figures géométriques en grand format. Aujourd'hui, ce cadre a disparu ou s'est modernisé, mais j'aime toujours voir les piles de cahiers et leurs protège-cahiers alignés par couleur, les craies posées sur la rigole du tableau, et, suspendus près de celui-ci, l'immense compas en bois jaune et la tout aussi grande règle entaillée de larges graduations. Le mobilier a évolué, le métal coloré et le contreplaqué lavable ont remplacé les petits bureaux de bois aux deux places scellées. Mais une salle de classe actuelle reste reconnaissable par tous.

Cela me conforte dans l'idée qu'enseigner est avant tout un métier de relation, fondé sur ce lien singulier entre l'adulte et l'enfant. Le reste serait décorum, certes au service de l'apprentissage, mais secondaire. Placez dans une pièce un maître bienveillant et un élève curieux, alors il se passera quelque chose. La question est de savoir si l'élève a la curiosité requise, s'il est suffisamment disponible pour cela. Sa vie en dehors de l'école lui laisse-t-elle la liberté, le plaisir et le luxe d'exprimer cette curiosité ? À nous, les enseignants, de jongler avec cette réalité.

Les grandes aiguilles bicolores de l'horloge marquent 8 heures. Ma veste et mon écharpe abandonnées sur un dossier de chaise, je m'avance vers le tableau et saisis une craie blanche. C'est doux, une craie... Sur l'espace vert bien nettoyé à l'éponge, j'écris en m'appliquant : jeudi 1er décembre. Si je fais partie des enseignants qui militent pour une école moderne, si je ne rate pas une revue pédagogique ou un article de presse éclairé sur la question, j'assume aussi, un peu en secret, mon attachement à cet acte matinal et désuet, image d'Épinal de la maîtresse : écrire la date au tableau. Puis reculer, et valider d'un œil exigeant ce premier écrit. Oui, je peux commencer. Tout est en ordre. Je suis prête pour l'imprévu, mon métier.

Grammaire

Phrase du jour écrite au tableau : *Le troupeau avance le long du chemin.*
Dans mon dos, j'entends la petite voix de Jeanne :
— Maîtresse, tu t'es trompée…
Je me retourne, air interrogateur :
— Ah bon ?
Buste en avant, elle pointe du doigt le milieu de la phrase et ose :
— T'as pas mis *-ent* au verbe, là… à *avance.*
— Ben oui ! Y a qu'un troupeau, Jeanne !
— Mais y a plein de vaches dans un troupeau…

2

En rang par deux !

C'est drôle un rang. Le matin, à 8 h 30, c'est le premier acte de la journée, le signe d'une appartenance à un groupe. On est dans telle classe, on travaille avec tel maître ou telle maîtresse. Mes élèves et moi formons un ensemble, avec nos codes, tacites et explicites. Lorsqu'ils s'approchent, je sens ma journée prendre forme. Devant moi, vingt-huit enfants s'étirent en deux parallèles immobiles, cartable au dos, sac de piscine à la main, manteau fermé.

Depuis combien de temps, au signal d'une sonnerie ou d'une cloche, les enfants se mettent-ils en rang dans une cour ? D'où peut provenir cette habitude universellement répandue ? En début de carrière je ne me posais pas cette question, être en rang avec sa classe signifiait l'école. Au même titre que tout un lexique inchangé depuis un siècle : cartable, cour de récréation, maîtresse, cloche… Avec le temps j'ai pris des libertés, n'usant de cet apanage que lorsque nécessaire. Mais le fait de se mettre en rang semble naturel aux élèves, ils le font même spontanément. De mon côté, c'est une exigence posée un peu au gré de mon humeur, un choix que j'aurais du mal à argumenter. Un beau rang a toujours son petit effet, l'illusion d'une situation maîtrisable. Deux cent soixante-quatorze enfants de trois à dix ans dans une cour, quand on y pense…

Le début de mon rang, parfait, se situe dans la limite basse de mon champ de vision et me renvoie l'impression d'une autorité sans faille. Célia a l'œil qui pétille et Lâam veut me donner la main. Abdel et Louis m'offrent leur sourire, heureux de venir à l'école, leur mine réjouie aiguise mon plaisir à enseigner. À l'horizon, ma ligne devient mouvante, bientôt courbe. Léonard et Romain s'agitent tels des pantins, tirant sur la sangle du sac de l'un, plaquant de force la capuche sur la tête de l'autre. Ils rigolent en se poussant, « c'est pour rire maîtresse ». La réplique type affleure à mon esprit : « Ce n'est plus le moment de rire, là ! » Mais non, surtout ne pas le dire car, oui, à sept ou huit ans, on peut rire à l'école… Au bout de dix-neuf ans de métier, je dois encore lutter contre les répliques toutes prêtes, « spécial maîtresse »… Rire, se bousculer un peu, parler, se raconter la partie de Bakugan d'hier soir permet de commencer sa journée ensemble. Quand Marina réunit notre équipe d'instits, nous aimons aussi rire, nous moquer les unes des autres jusqu'à imiter la directrice qui attend le silence pour commencer.

À compter du vingtième enfant, la houle devient menaçante. Alors, comme tous les matins, je dois décider : pénétrer dans le vestiaire de l'école, en sachant que, quoi qu'il arrive, le vingt-huitième suivra… ou bien remonter lentement ma ligne de front pour rappeler mes troupes, d'un regard insistant les bons jours, d'une voix ferme le reste du temps. Aujourd'hui ce sera le regard. Julien et Lucas, tels deux aimants, regagnent instantanément le rang. Lucie ne m'a pas vue, absorbée par la confession à Alice de son premier secret de la journée. Alors Jade la tire par la manche en chuchotant : « Hé !… Y a la maîtresse… » Le regard de Lucie, énigmatique, croise le mien. Elle ramasse son cartable ouvert, cherche des yeux son sac de piscine, pousse Anne pour placer Alice. Félix, Arthus et Samia restent les maîtres incontestés de cette queue de serpent, se disputant l'ultime place. Félix aura finalement la première, ramené *manu enseignanti* à la suite d'un coup de pied (« c'est pas moi maîtresse ! ») en direction d'Arthus, qui jubile en accentuant un « aïe ! » de circonstance… Piétinant encore dans la cour, devant la grande porte battante du bâtiment, je débute ma journée avec cette réalité incontournable : on ne peut pas tout maîtriser, il ne faut pas vouloir tout contrôler, l'enfant n'est pas une science exacte.

Chantal, la maîtresse de la classe voisine, trente et un ans d'expérience, peut prédire le genre de sa journée à l'allure de son rang. Elles doivent être chouettes ses journées car ses rangs relèvent d'une méticuleuse géométrie... Du premier au dernier, les enfants entrent dans un silence monacal, comme guidés par la musique d'une marche militaire. Elle est forte, Chantal. En rangs, elle est forte. J'emprunte l'escalier derrière elle, en suivant des yeux sa silhouette singulière... Chantal est un personnage monobloc taillé dans la roche. Toujours vêtue de robes rayées à manches longues agrémentées de gilets couleur pastel à mailles ajourées, elle porte aussi des chaussures noires vendues en pharmacie. De dos, on ne voit que sa longue tresse cendrée, et lorsqu'elle se retourne, ses minuscules yeux noirs percent son visage carré et m'effraient un peu. Chantal, c'est Chantal...

Dans le couloir puis la cage d'escalier, ma file indienne serpente derrière moi et mes Sioux se chuchotent les derniers potins. Laissant traîner mes oreilles, je me régale de leurs échanges enfantins. Tout en faisant mine, sourire figé aux lèvres, de m'intéresser aux exploits de ma collègue, sa vie son œuvre, les enfants qui ne sont plus ce qu'ils étaient, les parents qui, franchement, ne posent plus de règles... blablabla... D'un effort soutenu, je sélectionne les sons montant de l'arrière. Des bribes de conversation m'informent pêle-mêle que Lucie a vu *Contes de la nuit* au cinéma, même qu'il y avait aussi Alice dans la salle (ah, d'où le conciliabule du rang...), les parents de Julien vont peut-être se séparer, Samia est tombée chez elle dans l'escalier, Ève est allée à l'anniversaire de Léonard. La vie quoi... Un brouhaha agite les dernières marches, Arthus a poussé Éléonore qui en a encore la couette à l'envers. Finalement, je jette un « Allez, on se presse ! » énergique. Une injonction courante chez les enseignants : nous sommes un public pressé... Mais non, ce n'est pas la peine de se dépêcher, il aurait juste fallu envoyer un signe à Arthus pour qu'il saisisse ma réprobation. Même si effectivement Éléonore l'a énervé.

Tout le monde campe devant son porte-manteau, dernière étape avant l'entrée en scène, chacun s'y préparant à sa manière. Postée à l'entrée de la classe telle une hôtesse d'accueil, je leur adresse le petit signe de bienvenue qui convient : clin d'œil, signe de la main, bonjour appuyé, « Alors ce petit frère ? », « Très jolie cette veste ! ». Un à un, ils prennent possession de leur univers, visant leur place au prix d'une petite bousculade, frôlant les nombreuses étagères adossées aux murs où s'alignent des piles de manuels, dictionnaires et cahiers en tout genre. Tout le monde s'assoit enfin autour des tables, installées cette année en double U. Quand je propose un changement de place – toujours apprécié des enfants –, je garde sous mes yeux ceux qui nécessitent une aide régulière.

Peu à peu, l'effervescence diminue. Romane refait son casier au carré et Lucie enfourne dans le sien son fichier de mathématiques et son livre de lecture. Le reste de ses affaires suivra, poussé à l'aveuglette.

Conjugaison

Exercice. Silence studieux, chacun penché sur son devoir.
Une main levée dans la rangée du fond.
— Maîtresse, j'ai pas compris…
Accroupie à côté de Lucie, son doigt pointé sur une ligne du cahier.
— Là… le sujet, je le trouve pas.
À voix basse…
— « Tu ouvres la fenêtre. » OK. Alors, où est le verbe, Lucie ?
— Ouvres… C'est ouvrir.
— Bien. Qui est-ce qui ouvre la fenêtre dans cette phrase ?
— … Ben justement c'est ça que je sais pas. J'peux pas le savoir.
— Ah bon ? Pourquoi ?
— Ben parce que tu nous as pas dit qui c'était « tu »…

3

Il était une fois Arthus…

Arthus est un petit garçon en forme de point d'interrogation. Arrivé à l'école cette année, je l'ai découvert en septembre sur la liste de mes futurs élèves, en ouverture du dossier de rentrée constitué par Marina. C'est mon premier contact avec la classe. Je compte le nombre de filles, de garçons, je contrôle les dates de naissance, je vérifie l'existence de frères et de sœurs dans d'autres classes. Certains noms d'enfants présumés difficiles me renvoient à la remarque, un peu insistante, de ma collègue de CP-A, louchant sur ma liste : « Cette année il est pour toi celui-là, chacun son tour ! » Surtout ne pas relever. Je verrai bien. Je m'attarde sur les noms écrits en italique : les petits nouveaux. À mes débuts dans l'enseignement, je n'avais pas vraiment conscience des raisons qui m'attiraient vers ce métier, mais je suis sûre d'une chose, j'aimais déjà la vie des autres. Un nouveau sur une liste c'est une aventure. Les autres sont toujours une aventure.

Arthus… J'ai aimé son prénom, élégant et écorché. Le jour de la rentrée, je le repère dans la cour grâce à la photo d'identité de son dossier d'inscription : chevelure dorée et désordonnée digne du Petit Prince, peau mate comme s'il arrivait tout droit d'Amazonie. Dans le premier rang de l'année (et le 2 septembre, il n'a vraiment rien à envier à celui de Chantal…), Arthus se range comme un robot sans sourire ni paroles. Normal quand on est nouveau. Je m'approche de lui, lui dit mon prénom et lui souhaite la bienvenue. En guise de réponse, deux sourcils froncés sur un visage à l'air si vulnérable…

Comme toujours, je suis happée par les tâches de la première semaine de septembre. Tout se bouscule. En un temps record il faut revisiter les plannings de surveillance, de cantine, de salle informatique, de créneaux de sport, de piscine municipale. Je dois récupérer les documents relatifs aux enfants allergiques, prendre connaissance des dossiers scolaires des nouveaux élèves, fournir les commandes de dernière minute (vingt-quatre tables pour vingt-huit élèves…). Cette année je dois aussi expliquer mille petites choses à ma nouvelle collègue de CE1-A qui arrive d'une école-paquebot lilloise : la carte de photocopieuse, les clés de l'école, le code d'entrée du porche, la réserve de matériel…

Au cœur de cette agitation, je prends le pouls de ma classe. Le passage en revue de leurs fournitures toutes neuves, la mise en forme de notre matériel désormais commun (protège-cahier rouge pour le français, bleu pour les maths, orange pour la correspondance école-famille, et le fameux rose introuvable pour le cahier de travaux pratiques à petits carreaux, sans spirale, introuvable lui aussi), me permet de poser les premières balises. J'observe et ils m'observent, on se parle, se questionne, se répond. Ils ont hâte de commencer, alors dès le début, on écrit dans le cahier rouge et on calcule dans le cahier bleu. C'est le contrat des premiers jours. Je suis bien une maîtresse. Ils sont bien mes élèves. La première semaine de classe me fournit quantité de renseignements à leur sujet. Ces jours-là s'impose doucement une identité de groupe, comme une couleur. Elle est importante cette première semaine, on n'y joue pas l'année mais elle laisse une empreinte. Je corrige avec zèle les premiers écrits, je redouble de créativité pour les premières leçons. Téméraire, j'ai l'audace de chercher dès le départ la perfection avec eux. Ma perfection…

Arthus me ramène vite sur terre. On s'est d'abord regardés, toisés. Je pressens rapidement qu'avec lui il va falloir mobiliser des forces particulières que je ne peux identifier, pas encore, mais je détecte en moi ces signes bien connus des enseignants : une sensation de déstabilisation, une anxiété que l'on voudrait légère. Arthus et moi cherchons à savoir qui est l'autre. Nos regards, nos gestes, nos réactions, nos paroles parlent pour eux-mêmes, moi, distillant au gré des minutes des «Je veux réussir avec toi, je veux être ton alliée», et lui, multipliant les actes pleins de «Je déteste l'école et je me battrai contre toi». Écrire est pour lui un acte violent. Dès le départ, l'inégalité de son travail me soucie. Très vite je relève un fort écart entre son langage, riche et nuancé, et la pauvreté de ses écrits : dans une calligraphie informe, Arthus aligne rarement plus de trois mots avant de tout fermer avec force, son cahier et son envie d'écrire. Je navigue à vue, je m'adapte, tantôt lui tenant la plume, tantôt chargeant un camarade de l'aider. Je tâtonne : un cahier d'un autre format sera peut-être mieux adapté, mon clavier d'ordinateur aura sans doute plus de succès… Petites victoires et grandes défaites. Pourtant, Arthus comprend tout ce qui se déroule, il donne les preuves de ses capacités.

Je dois aussi lui épargner les réflexes d'exclusion du groupe, parfois instinctifs. J'ai gardé l'exemple de ma maîtresse de La Marsa, Mme Bessis, si attentive à l'égard de Whilem, en CM2 comme moi. Collectionneur de zéros et de sanctions diverses, usant d'un langage très familier, il était pourtant accueilli avec chaleur par l'enseignante qui, je crois, l'aimait beaucoup, en dépit d'une hygiène douteuse. L'estime de Mme Bessis pour Wilhem avait alors changé le regard de toute la classe, et ce garçon était devenu un bon copain. Aujourd'hui, dans mon CE1, un de mes élèves a besoin de moi…

Le comportement d'Arthus me déroute quand il passe sans nuances d'un état quasi apathique à une agitation à peine supportable. « Maîtresse ! Arthus est par terre… » Il s'échine sur son stylo quatre couleurs dont les ressorts volent en classe telles des météorites, coupe sa gomme en mille morceaux pour en faire un petit tas grisâtre sur le bord de sa table, s'acharne sur son stick de colle dont la pâte blanche dégouline sur un cahier. Je découvre sur son dossier scolaire un CP « en dents de scie », selon la formule de la directrice de l'école précédente, et demande à Marina d'inscrire ce problème à l'ordre du jour du prochain conseil des maîtres. Soucieuse d'approfondir la question, je demande aussi un rendez-vous aux parents, reporté plusieurs fois d'une semaine sur l'autre. Quatre mois plus tard je n'aurai pas beaucoup avancé, malgré mes échanges avec mes collègues. La mère d'Arthus m'a accordé dix minutes pour me dire qu'elle et son mari, conscients du problème, sont aussi désemparés que moi.

Au 1er décembre, j'en suis là. J'essaie de demeurer une instit sans faille, prête à repartir de zéro tous les jours. Ce jour-là, Arthus arrive légèrement en retard, tout comme Léa, essoufflée et dépitée.

La même ligne de métro interrompue les a retardés tous les deux. Arthus, lui, n'est guère ému. D'une belle assurance crâne, il entre dans la classe sans me jeter un regard, indifférent à ma bienveillance matinale. Sur mon cahier de préparation est écrit « 8 h 30 – Accueil, rituels ». Pour tout enseignant, ce code signifie : « On prend le temps de commencer la journée ensemble. » Je réponds aux sollicitations de chacun : « Maîtresse, j'ai un mot », « Maîtresse, j'ai oublié mon cahier bleu », « Maîtresse, je peux changer de place ? », « Maîtresse, Arthus m'embête ! ». Je lève les yeux, Arthus me tourne le dos, immobile. D'un regard signifiant « Je m'en occupe », je rassure Éléonore et redouble d'énergie pour expédier les affaires courantes qui, de rituelles, sont devenues encombrantes. Chacun s'affaire à sa « responsabilité » : Emma accroche les petits panneaux de bois indiquant toute une série d'informations relatives au calendrier : la date, celle de la veille, du jour, du lendemain, le mois et l'année. Autant d'informations essentielles aux yeux de mes élèves, bien plus ludiques que ma date écrite au tableau à la craie ! Samia cherche l'étiquette « Nuage gris » dans la boîte météo. Elle rêve de pouvoir afficher « Flocons »... Un nouvel « Arthus m'embête ! » sonne le glas. Repoussant à plus tard les « Veuillez excuser... », « Merci de... », et autres mots des parents glissés dans les cahiers de correspondance, je jette un œil à ma feuille du jour.

8 h 50. Mathématiques. Numération : savoir comparer des nombres. Séance 1 : Parmi deux nombres, identifier le plus grand et verbaliser sa technique de comparaison.

C'est parti pour la journée. Ma fourmilière, dont seul un œil aguerri comprend l'organisation, semble se calmer, ralentir. Arthus n'a pas sorti sa trousse, tout est encore dans sa case. Je fais mine de l'ignorer ; pas maintenant, pas déjà. Avant-hier il a saccagé son classeur, torturant jusqu'à la destruction les anneaux métalliques. Devant mes innombrables rappels à l'ordre, il s'applique à entretenir le désordre. Sans un mot, je me juche sur mon siège spécial maîtresse (en fait, un tabouret de bar… commandé par lot de trois dans le magazine *Tout pour l'école*) et, tel un capitaine de vaisseau, scrute mes rangs. C'est un signal entre nous. J'ai l'air de dominer mais, même après dix-neuf ans de métier, il y a toujours un petit doute… Mais oui, ça marche. Léa vient à mon secours, « Chut, elle attend », bientôt relayée par Samia et Hugo. Oui, j'attends. Et Arthus attend aussi.

8 h 51. Acte I scène I. Comme souvent, je trouve que ce que je vais leur enseigner est génial. Mon enthousiasme demeure intact. J'ai moi-même tant aimé apprendre. Si longtemps après, je me souviens de la façon dont on m'a fait découvrir la règle de séparation des syllabes, la multiplication par 10 ou 100, l'utilisation du papier millimétré, la

formation des continents, les nervures de la feuille d'un arbre…

Je me lance donc avec avidité. Sur le tableau, j'aligne une suite de nombres à lire puis à comparer, ma voix et mon intonation leur donnant corps. Je les transforme en personnages passionnants dont les unités, les dizaines et les centaines symbolisent les clés de coffres remplis d'or. Mes étiquettes plastifiées se décollent et se recollent à loisir. « Alors, de ces nombres, quel est le plus grand ? » 251 et 978 ouvrent le bal, suivis par 311 et 399. Puis je captive mon auditoire avec 302 et 320. On débat de la place du zéro, des enfants lèvent le doigt à s'en arracher l'épaule, « Moi, moi maîtresse ! », tentant de contourner l'interdiction de parler sans être interrogés en levant deux mains, les agitant, avec force bruitages de bouche.

Arthus, lui, reste impassible. Je devine qu'il n'est pas insensible à l'activité. Je sens qu'il réfléchit. Je sais qu'il sait, mais j'aimerais qu'il me le montre. Alors je l'interroge et lui donne en pâture 311 et 222. Arthus me regarde avec défi. Si certains de mes élèves me comblent avec leurs bonnes réponses,- j'aime les joutes auxquelles Arthus m'invite. Privilège d'un métier exercé depuis longtemps ? Je ne lui ferai pas l'affront de le mettre sur la voie en lui demandant s'il préfère « avoir 311 bonbons ou 222 bonbons »… Je ne lui ferai pas non plus le plaisir de me répondre 222… Arthus vaut plus que ça.

Il a la réponse en lui, « 311 est plus grand que 222 », mais il ne la délivre pas. Quand une forêt de mains oscille sous mes yeux, je fixe Arthus et répète la consigne brute, sans fioritures. Va-t-il se mettre en colère comme hier quand il devait écrire la date ? Va-t-il hausser les épaules et quitter sa place comme lundi dernier après avoir refusé de corriger ses mots de dictée ? Mais Arthus m'échappe encore cette fois. Il enfouit son visage dans ses mains et éclate en sanglots. Le silence envahit la classe, les mains se baissent, les yeux se tournent vers mon petit élève. Soudain, je me sens démunie. Je pose ma craie et me dirige vers lui. Une main sur son épaule, je lui chuchote les premiers mots qui me viennent à l'esprit : « Reste un peu à midi, on va se parler. » Il me repousse un peu, mais pas tellement…

Cet épisode a marqué les autres enfants, l'excitation née de la séance de mathématiques s'est volatilisée. Nous continuons à cheminer, mais plus calmement, entre les nombres. Petit à petit, l'assurance leur vient. Ils commencent à bien maîtriser la situation. Les têtes sont baissées, les yeux rivés sur les cahiers. Samia enroule une mèche de ses cheveux bouclés autour de son index. De l'ardoise au cahier, les exercices d'entraînement s'enchaînent et ils aiment réussir. Et s'ils réussissent, je réussis aussi…

Je passe dans les rangs pour les encourager, « C'est bien », « C'est ça », « Continue », « Bravo ». Arthus, un peu agité, s'est quand même mis au travail. Parvenue à son niveau, je lui souris et lève mon pouce, « Super », sans m'attarder pour ne pas casser son élan. Dans son cahier, tout est juste. S'ensuit une séance de grammaire qu'Arthus suit de loin, snobant les verbes du premier groupe, délaissant les pronoms personnels sujets, gribouillant sur son ardoise des dessins rupestres plutôt que des terminaisons. Que saisit-il vraiment de ces moments ? C'est ma grande question. Il descend en récréation avec les autres. De ma fenêtre j'ai une vue imprenable sur la cour, avec ses petits scénarios habituels ; dans un coin des garçons échangent des cartes valant plus ou moins de points, des filles tirent de leurs poches des carnets secrets.

Très vite, les bonnets atterrissent sur le muret, les gants restent dans les poches et les écharpes délimitent le terrain de foot. Au centre, les chefs d'équipe mènent le jeu tandis que les timides attendent sans broncher. Autour d'eux, un petit peloton joue à chat avec agilité. Je repère facilement Arthus, gardien de but aujourd'hui. Pas chassés… bras grands ouverts… un arrêt spectaculaire du ballon lui vaut un « Tope là mon pote » de Jules. De loin, son sourire ne m'échappe pas… Au bout des quinze minutes réglementaires, Maud, l'instit de surveillance ce jour-là, qui grelotte malgré son écharpe en cachemire offerte l'an dernier par les parents d'élèves, se dirige vers la cloche, une bonne grosse cloche digne de *La Guerre des boutons*, dont elle actionne énergiquement le bout de corde tressée, bien trop courte pour les enfants, toujours tentés de l'attraper… Les élèves de Chantal sont déjà au garde-à-vous et je dévale l'escalier pour récupérer les miens tant bien que mal. Pas envie de rang, on remonte en troupeau de phacochères et tant pis pour le regard revolver de ma collègue… Arthus s'attarde dans le vestiaire où il n'a pourtant pas accroché son manteau qu'il laisse systématiquement ailleurs qu'à l'endroit prévu.

La matinée s'achève. Louis m'a déjà demandé par trois fois si c'est bientôt l'heure de la cantine. Arthus s'est appliqué sur le texte de lecture que je lui ai proposé, mais dédaigne le questionnaire. Pas une seule ligne… Comment réagir ? Comment interpréter cette attitude ? Me fâcher serait stérile, je l'ai expérimenté tant de fois.

Certains enfants présentent des difficultés évidentes, faciles à décrypter. Même si les progrès sont très lents à venir, quelques signes me montrent de temps à autre que je suis sur la bonne voie. J'aime comprendre leur façon de fonctionner, analyser leurs erreurs comme autant de signes révélateurs. J'adore ce travail d'archéologue : explorer les sous-sols de la pensée, de la logique, pour débusquer le point de blocage. Le plus souvent, il s'agit d'un malentendu, un apprentissage posé au mauvais moment sur un sol mouvant, avec un outil défaillant. Bien sûr le constater ne suffit pas, et l'essence même de mon métier est de dépasser ce constat pour permettre à ces enfants d'accéder à la compréhension. La part la plus difficile mais aussi la plus gratifiante.

Avec certains je progresse doucement sur des routes bien identifiées. Arthus fait partie de ces enfants qui m'entraînent sur des chemins inconnus, escarpés, sans balises. Il réussit quand je crois qu'il va se tromper, il échoue sur des tâches simples, et le tout sans régularité apparente. Alors comment avancer avec lui ?

Midi !

Vivre ensemble

Empoignade entre Gauthier et Julien pour une histoire de feutre d'ardoise.

— Dégage débile, t'es vraiment chiant !

— Toi-même, espèce de con !

Intervention en urgence, craie à la main :

— Non mais ça va pas vous deux ! Qu'est-ce que c'est que ce vocabulaire ? Vous avez déjà entendu des gens se parler comme ça ?

Julien :

— Ben oui... Mes parents...

4

Paroles d'Arthus

Combien de fois, Arthus, ai-je imaginé te donner la parole pour mieux te comprendre…

« Je m'appelle Arthus et j'ai sept ans depuis neuf jours. Papa m'a dit que c'était l'âge de raison. C'est quoi ? Je sais qu'à trois ans on va à l'école, qu'à treize ans, c'est un mot compliqué pour dire qu'on n'est plus un enfant, et qu'à dix-huit ans on a une majorité de quelque chose et qu'on peut choisir le président de la République. Mais sept ans… l'âge de raison… C'est louche. Il faudra que je demande à la maîtresse si c'est vrai, cette histoire.

Il est 7 heures, ma montre va bientôt sonner. Je l'ai eue à mon anniversaire. Comme ça, je n'ai plus besoin que maman vienne me secouer doucement pour me dire "Allez mon loulou c'est l'heure je t'ai préparé ton cacao". Non, moi j'ai une montre qui fait des bips comme un homme qui va au bureau pour travailler sur son ordinateur. Moi aussi, je veux qu'on m'admire parce que je suis très fort. Je suis pressé d'être adulte pour réussir parce qu'à l'école je ne sais pas encore bien le faire. Je fais des ratures tout le temps… C'est toujours raté ce que j'écris, ça se voit tellement que ça m'énerve. Je voudrais être comme Hugo ou comme Éléonore. Je me déteste comme ça !

À la maternelle, la maîtresse nous avait dit qu'au CP on allait tout de suite lire et écrire. Elle avait l'air tellement contente en le disant que moi je l'ai crue. Mais, le premier jour, c'était déjà raté : je ne savais pas lire et pas écrire… Le soir, dans mon lit, j'ai pleuré mais je ne voulais pas que maman le voie. Ben oui, à force de dire que j'avais parlé tôt, marché tôt, elle attendait que je lise tôt. Forcément. Mais bon, ce soir-là elle ne m'a pas demandé de lui montrer comment je lisais. Tant mieux. Elle m'a posé plein de questions sur l'école pour des choses vraiment pas importantes : ce que j'avais mangé à la cantine, à côté de qui j'étais, si j'avais bien rangé mes affaires, et puis dix fois elle m'a demandé : “Elle est gentille ta maîtresse ?” Ben oui elle est gentille ! Sinon elle ne serait pas maîtresse…

Bip-bip-bip. Allez debout ! Je m'habille, bonjour papa-maman, cacao, manteau, cartable, bisou à maman, métro avec papa, école. On court un peu avec papa, on est en retard à cause de quelqu'un qui était malade dans le métro. J'aime pas être en retard, ça fait mal commencer la journée. Papa me tire par la main mais j'ai mal au ventre, j'ai envie de rentrer, de tout recommencer depuis le début pour être à l'heure. Pourquoi c'est jamais sans problème une journée ? Un jour, ma cousine m'a dit qu'avec sa baguette magique une fée pourrait exaucer tous mes vœux (un truc de filles, ça). J'ai pas voulu jouer à son jeu débile. N'empêche qu'aujourd'hui je sais ce que je voudrais : une journée parfaite où je raterai rien. Tout bien, tout.

À l'entrée de l'école, Mme Etchelly est là. C'est la directrice, on peut pas la tutoyer mais on peut l'appeler Marina. Elle nous fait un petit signe pour dire “Allez, allez”. Il faut dire qu'à 8 h 36… Il faut se dépêcher. J'ai quelque chose dans la gorge, une boule qui gonfle quand papa me fait un bisou. Papa, il sent le parfum que maman lui a offert (Pour l'homme, ça s'appelle). Je sais pas s'il se doute de quelque chose mais je vois bien qu'il attend que je sois dans la cour. Il me fait coucou avant de s'en aller. Alors j'ai une larme qui coule sur ma joue, toute chaude. Dans ma bouche elle a un drôle de goût, un peu salé. J'ai un peu peur. Stop, je ne dois pas. Arrête, Arthus, arrête ! Je monte le plus vite possible vers ma classe et je tombe sur Léa qui est en retard comme moi. On se cogne mais je n'entends pas ce qu'elle me dit. C'est bizarre, c'est comme si j'avais deux corps. Un dedans et un dehors. En dedans, j'ai très envie de partir, mais je rentre quand même en classe et je passe devant la maîtresse. Elle me dit une chose gentille mais mon corps du dedans m'empêche de lui répondre. Je ne sais pas si elle comprend. J'ai des fourmis dans mes mains. C'est comme si je flottais.

Je suis fatigué. Je range toutes mes affaires dans ma case comme on fait d'habitude. En passant je fais tomber la trousse d'Éléonore, je la ramasse mais elle rapporte à la maîtresse que je l'embête; ça fait un trou en moi, un truc gris dans ma tête. J'ai horreur de ça. Elle est où la fée... ?

Depuis la rentrée, je voudrais des journées parfaites, je voudrais que Dominique se dise que ça y est, que je suis comme les autres. Normal. Des fois, je crois que je vais y arriver, Dominique me regarde d'un air un peu content. Elle a écrit "C'est bien" sur mon cahier. J'ai marqué un but à la récré, j'ai bien écrit dans les lignes. En dedans, je suis plus léger, un peu comme une plume. Alors c'est sûr : je vais réussir l'exercice numéro 3 page 12, où il faut cocher des cases pour dire si l'action de la phrase est au passé, au présent ou au futur.

Mais aujourd'hui, j'ai plein de trucs gris en moi : du plomb, des piquants, des choses moches. C'est comme si j'avais un ogre dans mon corps du dedans. Et c'est lui qui commande. Tant pis ! Tant pis pour cette sale Éléonore, tant pis pour la maîtresse qui comprendra jamais rien, tant pis pour le métro dégueulasse. Moi, je suis fort et je suis méchant et c'est comme si ça me faisait du bien. Être méchant, ça je sais le faire. Dominique a mis plein de nombres au tableau. Même si j'ai pas écouté le début, c'est quand même facile à comprendre. Elles sont marrantes ses étiquettes en plastique : c'est son écriture mais on dirait qu'elle les a achetées dans un magasin. Oh zut, le néon s'arrête. Ah non, il se rallume. Je suis sûr qu'il va s'éteindre pour de bon. Ouh là ! J'ai de la colle plein les doigts ! Zut ! Et les autres, eux, ils savent faire, ils connaissent les réponses. J'en ai marre !

"Arthus !" Dominique m'appelle et ça me fait sursauter. Je ne sais plus ce que je dois faire, mon cœur bat trop vite… Elle a mis des nombres au tableau. Je sais bien que 311 est le plus grand (je sais aussi qu'on dit "supérieur à"), mais j'ai ma boule dans la gorge qui m'empêche de parler. Ça m'étrangle un peu. Dominique redit ce que je dois faire. Elle croit vraiment que je vais répondre, ça se voit, et j'aimerais bien. Allez, je vais y arriver. Elle parle à mon corps du dehors, et mon corps du dedans sait plus comment faire. Tout d'un coup la boule explose. Tout s'en va, les larmes, les idées, la classe, l'école. Je pleure alors que je ne veux pas et ça ne s'arrête plus. Plein de larmes comme celle de ce matin avec papa. J'ai mal au front, j'ai envie de faire pipi. Il n'y a plus de bruit autour de moi. Les autres ne bougent pas. Dominique est là, je sens sa main sur mon épaule. C'est doux, on dirait du coton. Elle chuchote : "Reste un peu à midi, on va se parler." Mon corps se gonfle, j'ai un gros soupir. C'est fini. Elle continue la classe mais pour moi, maintenant, c'est comme chez le dentiste. Il se passe quelque chose mais je ne sens rien.

Midi… »

Copie

Vingt-huit têtes naviguent entre le texte porté au tableau et les lignes des cahiers. Entre les rangs, vérifications ou rectifications chuchotées à l'oreille de certains.
Gaspard, doigt levé, lance d'une voix rauque à travers la classe :
— Maîtresse, on fait quoi quand on n'a plus d'place ?
— Comment ça, « plus de place » ?
— Euh… ben… Je suis en bas de la page, là…
— Comme d'habitude, voyons ! Tu écris sur la table, et ensuite tu continues sur ton pull !
Sourires entendus de ceux qui attendaient le refrain bien connu.
Illumination de Gaspard :
— Ah oui, c'est vrai ! On tourne la page !

5

Entre Arthus et moi

Un silence règne dans la classe. Deux minutes auparavant vingt-huit danseurs étoiles du Bolchoï virevoltaient encore entre la porte et le vestiaire. Et puis, tout à coup, rideau ! Seul Arthus est là. Il est resté, n'a pas fui. À cet instant, il est à mes yeux l'enfant le plus important au monde. Je lui indique de s'asseoir en face de moi, à la table carrée dédiée à de multiples tâches : aide aux élèves, travaux artistiques en cours, recherches en groupe, rendez-vous de parents… Aujourd'hui, c'est une île pour notre tête-à-tête.

Une fois assis, son attitude trahit un peu d'appréhension. Hésitant, il pose ses avant-bras sur la table, les retire, puis finalement les croise. Des manches de son pull un peu trop grand émergent deux petites mains fébriles dont il ne sait que faire. Tout en moi est élan, cet enfant me touche. J'aimerais le prendre dans mes bras comme je le fais avec mes propres enfants, le bercer un peu sur mes genoux, je le sens si désemparé. Mais puis-je m'autoriser ces gestes maternels ? Un enseignant a-t-il le droit de se laisser aller à un tel écart pour trouver une issue à une situation de crise avec un élève ? Quelque chose me retient. Je veux l'aider à se sentir mieux à l'école, dans la classe, avec moi, avec lui-même, mais ce n'est pas la meilleure méthode. Alors je redouble de bienveillance, je parle doucement, je tâche de le mettre en confiance. Ce sera ma façon de le bercer. Un regard, une intonation, des mots, une attitude. Être à la bonne distance.

La bonne distance… Quand j'étais étudiante, combien de fois ai-je griffonné, noté, lu ou relevé cette idée énoncée par les formateurs, développée dans des articles spécialisés et débattue en groupe de réflexion entre futurs instits : Comment on fait pour… Comment ça se passe quand… Mais seule l'expérience donne de la chair à certaines notions. Comment réaliser la subtilité de cette bonne distance avant de l'avoir recherchée pour l'un de ses élèves ? Elle ne se quantifie pas en unités de mesure, elle se ressent et se devine ; il faut accepter de n'être jamais sûr de l'avoir trouvée. Cette bonne distance évolue car la relation à l'autre est sans cesse en mouvement. Je n'ai jamais fini de connaître mes élèves puisque moi-même je les incite à changer, à grandir. J'ai choisi un métier de relation qui, comme la suite des nombres, tend vers l'infini.

Arthus attend. Il a raison, c'est la maîtresse qui parle en premier. Accord tacite. Je m'aventure.

— On va prendre un peu de temps tous les deux pour parler, parce que je vois bien que tu as un problème, mais je ne sais pas lequel. Ce que je sais c'est que tu es un garçon intelligent qui comprend bien tout ce qui se passe en classe, que tu parles très bien pour ton âge, avec des mots souvent bien choisis et des phrases bien construites. Je suis contente que tu sois dans ma classe cette année.

Voilà, j'ai déroulé un tapis de velours sur lequel, j'espère, il pourra se détendre. Il faut qu'il garde en tête ces mots comme une vérité indiscutable, non négociable : je trouve que tu es quelqu'un de très chouette, quelle que soit la suite.

Arthus attend toujours, l'air sérieux. Déjà je le sens plus apaisé. Je continue :

— Tu sais, ça fait longtemps que je suis maîtresse mais je ne sais pas tout. J'essaie de comprendre les enfants qui sont dans ma classe, parfois c'est facile, mais d'autres fois c'est compliqué. J'ai envie de t'aider Arthus mais pour ça il faut que tu m'aides à ton tour.

Il relève les yeux, le regard étonné. Je poursuis :

— Je ne peux pas lire dans ta tête comme dans un livre, je ne peux pas connaître tes pensées juste comme ça. Mais il y a une solution pour que ça se passe mieux pour toi, c'est que tu me parles, que tu me dises avec tes mots ce qui ne va pas. Je peux t'aider à les trouver si tu veux.

Je me concentre et pèse mes mots. J'en appelle à tout ce que j'ai appris au cours de mes années de formation et de pratique. À l'université de Toulouse, tout au long de mon cursus « Psychologie du développement », j'ai passé des heures à explorer la complexité humaine.

Ma proposition surprend Arthus, le déstabilise un peu. Je laisse volontairement le silence s'installer entre nous. Il ne doit pas nous effrayer, au contraire. Il a son rôle dans la confidence.

Alors l'enfant ose, prend sa respiration et, d'une voix posée, me confie :

— Je vois bien que je ne suis pas très normal, enfin pas vraiment comme les autres.

— …

— Les autres savent faire comme il faut, pas moi. Les ratures c'est toujours pareil. Alors ça m'énerve, et après ça m'énerve encore plus.

— Qu'est-ce qui t'énerve, Arthus ?

— Les ratures, quand c'est raté quoi.

— Mais les ratures ce n'est pas grave ! Et puis rater aussi ce n'est pas grave, avant de réussir on rate souvent. Même moi tu sais !

— Mais non, les autres ne ratent pas comme moi !

— C'est-à-dire ?

Je dois garder le fil, le guider doucement vers une lumière perceptible au loin. J'imagine des hypothèses malgré moi tout en m'efforçant de maintenir mon écoute.

— Quand c'est raté ben voilà, c'est fichu quoi !

— Mais les autres aussi se trompent parfois, tu dois bien t'en apercevoir.

— …

— Arthus, les autres se trompent aussi. Les enfants, les maîtresses, les parents, le président de la République, tout le monde se trompe un peu dans sa journée. Tout le monde rate au moins une chose !

— Oui, mais après ils réussissent toujours alors.

— Toi aussi tu réussiras toujours après une erreur. Parfois il faut essayer plusieurs fois, mais forcément tu y arriveras.

— Mais ça m'énerve dans ma tête et je deviens nul, alors je reste nul, et j'essaie pas parce que c'est pas la peine.

— C'est pour ça que tu ne veux pas écrire ?

— Ben oui… Quand on écrit ça se voit et ça reste. Et quand ça reste c'est fichu.

— Mais ce matin, quand tu as pleuré en classe, tu ne t'étais pas encore trompé puisque tu n'avais pas encore répondu.

— Oui, mais là c'était déjà raté la journée…

— Ah bon ?

— Oui, parce qu'il y a eu le retard à cause du métro, et puis à cause d'Éléonore qui dit que je l'embête mais c'était même pas vrai. Alors la journée elle était fichue.

Arthus est empêtré dans cette histoire de faute dévastatrice. Il me faut briser ce cercle et lui délivrer un message clair. Cet échange doit marquer un avant et un après. Amorcer un tournant, même léger. Je réfléchis vite, tout en continuant à l'encourager. Avec d'autres mots, il exprime toujours la même idée, convaincu que se tromper est une faute lourde qui vous marque au fer rouge. Comment en est-il arrivé là ?

La sonnerie signalant le début du service de cantine me presse. Arthus va bientôt devoir descendre. Je me lance :

— Alors voilà. À partir de maintenant, on va avoir un secret tous les deux. Je vais te donner un carnet, rien que pour toi. Dedans on notera toutes les réussites de ta journée, toi ou moi. À la fin de la journée on le lira ensemble. Et tu verras que même s'il y a des choses qui demandent du temps avant d'être réussies, il y a aussi tout ce que tu sais déjà faire. Et puis on marquera aussi tout ce qui arrive et qui ne dépend pas de toi, le métro par exemple. Est-ce que tu es d'accord ?

Un sourire me répond, joli sourire, un peu dubitatif me semble-t-il mais engageant. La proposition a pris un tour ludique et la promesse est là. Il n'en naîtra peut-être pas un autre Arthus, mais un message est passé : « Je pense que tu es un enfant comme les autres, formidable. »

— Allez, va champion.

L'enfant court vers la sortie, puis revient sur ses pas et me demande avec curiosité :

— Au fait, ça existe vraiment l'âge de raison ?

Dictée

Têtes baissées et concentrées sur les cahiers. Lentement, je déambule en dictant les mots, ton et liaisons bien soulignés.

— Les (z)en-fants… mon-tent… l'es-calier, Léo… est… devant.

Une intonation différente pour attirer leur attention :

— Et à Léo on met une… ?

— Majuscule !

— Car c'est un nom… ?

— Propre !

— Bien. On continue. Est devant. POINT. Et qu'est-ce qu'on met après un point ?

— Une majuscule !

— Parfait. Donc : Julie… le… suit. Attention Julie est un prénom aussi !

Ariane souffle. Elle prend sa gomme. La repose. Finit par lever le doigt :

— Mais… quand le prénom il est juste après un point… la majuscule elle est plus grosse alors ?

6

Une ombre au tableau

C'était dur aujourd'hui… Moment de doute… Après tout, au bout de dix-neuf ans de métier, j'en ai peut-être tout simplement marre. Ce soir je jalouse l'herbe sûrement plus verte chez les autres. Je me sens vidée, et le trajet du retour me pèse. Même pas envie d'ouvrir mon roman laissé en plein suspense ce matin, ticket de métro en guise de marque-page.

Un sentiment de culpabilité s'ajoute à ma lassitude. Les images de la journée m'assaillent, que j'essaie, en vain, de refouler. Je n'ai pas été à la hauteur, je n'ai pas su faire. Pourtant, tout avait commencé dans la bonne humeur et les enfants avaient accueilli avec enthousiasme l'annonce d'une expérience scientifique programmée dans l'après-midi !

La matinée avait d'abord débuté par une séance de grammaire. Après avoir entouré tous les verbes d'un texte, il s'agissait d'extraire différents sujets et d'étudier la possibilité d'en remplacer certains par des pronoms personnels.

Un cheval sauvage traverse la clairière / IL traverse la clairière.

Facile. La notion de sujet a déjà été abordée maintes fois en classe et je pars confiante. Gagnante. Première erreur. Rapidement, je réalise avoir mal évalué le niveau de mes élèves. La plupart d'entre eux peinent à souligner les sujets. J'aurais dû prendre le temps d'analyser la situation. Le texte est-il trop difficile ? Une suite de phrases très simples aurait-elle été plus adéquate ? La notion de sujet est-elle encore fragile ? Je devrais décider de modifier cette séance pour reprendre une explication, quitte à m'appuyer sur les connaissances des plus avancés. Mais je m'acharne et me piège toute seule : « Ben qu'est-ce que vous avez aujourd'hui ? Vous dormez ou quoi ? » Non, ils ne dorment pas, ils ne sont tout simplement pas encore prêts à aborder la phase supérieure de l'apprentissage. Il leur faut encore du temps pour « manipuler la notion », comme disent les bons profs… Aujourd'hui, je n'aurai pas été un bon prof…

Sur ma pauvre lancée, j'arpente les rangs en distribuant des remarques stériles : « Enfin, on dirait que c'est la première fois qu'on parle de sujet ! », « Si Éléonore et Hugo ont trouvé, je ne vois pas pourquoi les autres ne trouveraient pas ! » et autres réflexions de ce genre. Ils y mettent pourtant du leur, cherchant, se concertant. Certains plus stressés que d'autres. Bien entendu, aucun doigt ne se lève pour demander de l'aide. À vrai dire, l'adulte en face d'eux ne les y encourage guère. Pourtant, je me sens capable de procéder autrement sans toutefois parvenir à mobiliser les « bonnes forces ». Étrange impression. Éléonore et Hugo, eux, ont terminé. Pour les faire patienter, je leur confie la mission d'aider Lucie à la peine et Samia déjà rebutée à grand renfort de bâillements. Mathéo, si alerte d'habitude, n'en est qu'à la deuxième ligne. Je me poste devant sa table, le regard étonné, mais je dois l'impressionner car il baisse les yeux en rougissant un peu. Au lieu de me pencher vers lui, de l'encourager et de lui rappeler ce qu'est un sujet, je m'éloigne sans un mot. Le pauvre patauge dans sa page de sables mouvants…

Petit à petit, sur les cahiers raturés, striés des traces grisâtres de la gomme, et après un laborieux tâtonnement, les sujets sont identifiés et soulignés. Mais un coup d'œil sur l'horloge m'indique l'évidence : je n'aurai pas le temps pour la suite de la séance. Ils ne sont plus motivés, et moi je suis frustrée. L'ambiance devient pesante.

Bon, passons aux ateliers de mathématiques. Les élèves sont désormais autonomes et chacun rejoint son groupe en respectant les informations portées sur le panneau récapitulatif. Objectif : s'entraîner à calculer avec différents types de jeux. Ces exercices tournent dans la classe depuis le début de la semaine, ce qui me rend disponible pour Lâam, Samia et Justine, dans leur atelier dit « accompagné ». Ces enfants-là ont encore besoin d'aide pour calculer des sommes très simples. Pour cela, nous utilisons un jeu de dés un peu particulier composé du cube classique à points noirs, et d'autres, à huit et dix faces, qui fascinent mon jeune public. De plus ces dés sont numérotés d'une façon originale : des nombres, des codes, des étoiles. Ils s'installent pleins de bonne volonté, la paume de leurs mains effleurant le tapis en feutrine rouge qui absorbera les chocs et les bruits.

Mais, dès le début, je commets une nouvelle erreur de débutante dont j'enrage, dépitée, en y repensant sur mon strapontin de métro… Je lance les dés classiques alors que la belle mallette des dés originaux est abandonnée sur un coin de la table. Venant d'un stagiaire, je l'aurais pris avec un sourire compatissant ! Samia louche vers la mallette alors qu'elle doit se concentrer sur le premier jet de dés. Justine boude et Lâam me coupe la parole pour réclamer les « dés jaunes ». Alors, de ludique, ce moment devient désagréable. D'un geste, je referme la mallette et assène un « On les prendra quand vous aurez réussi les premiers calculs ».

Et voilà, ils passent à mille lieues de la solution. Je me démène pour leur montrer la bonne voie : utiliser les doubles est une bonne stratégie ; ajouter 1 équivaut à dire le nombre suivant ; il est utile de savoir par cœur tout ce qui fait 10. Accrochée à mes objectifs mathématiques, je campe trop sur mes positions d'instit en m'obstinant à ignorer l'essentiel : les conditions ne sont pas réunies pour qu'ils puissent réfléchir… Ils me servent des « Ah oui » et des « Ah d'accord » en veux-tu en voilà. Mais plus ils s'éloignent, plus mon agacement grandit. Pourquoi n'ai-je pas sorti les dés jaunes, les dés à étoiles, les dés à dix faces ? Il est pourtant clair que je tenais là le sésame de la séance. Avec les dés spéciaux, j'aurais tout de suite atteint mon but. Il suffisait d'adapter la situation. Je m'en veux et culpabilise. Si c'était possible, je retournerais à l'école pour tout reprendre à zéro !

Les ateliers touchent à leur fin, Éléonore agite consciencieusement la clochette à l'heure prévue, Arthus renverse les dominos en se levant brusquement et je m'emporte, le menaçant de le priver de récréation si tout n'est pas remis en place dans l'instant. Là encore, remarque inutile : désolé, il s'évertuait déjà à tout ramasser. À ce moment-là, je sais que le problème vient de moi. Durant la récréation, je me reprends. J'ouvre mon journal de classe contenant les déroulements de journées, les préparations de cours, les documents associés. Je relis le programme de la matinée et me mets en condition. Je m'imprègne de la séance suivante, anticipant les erreurs possibles et les réactions de mes élèves.

Ils remontent en classe pleins de cette énergie enfantine que j'admire : malgré ce début de journée chaotique, ils reviennent tout sourires, leurs voix claires et rieuses, leurs regards tellement confiants. Ragaillardie, la force me revient. Jusqu'à midi nous passons un bon moment à lire ensemble un livre dont les dialogues les font rire, à copier avec application dans le cahier de poésie un texte de Jacques Prévert qui nous occupera bientôt. J'évite de passer derrière ceux qui peinent le plus, je les corrigerai en différé. Plus raisonnable… Sonnerie ! Tout excités, ils détaillent le programme de l'après-midi. On se sépare dans une ambiance plutôt sereine.

Dans la salle des profs, Anna enfourne dans le micro-ondes des restes de repas apportés de chez elle. Son incroyable pantalon de velours bleu électrique me fait sourire. Elle s'efforce d'être toujours à la mode, couleurs associées, sac à main assorti aux chaussures… Son souci du détail m'amuse beaucoup. De ses yeux rieurs, elle m'observe à la dérobée, flairant assez vite mon humeur.

— Ouh là ! Y a du Arthus dans l'air ?

— Non, pas du tout. Y a du moi dans l'air et c'est pas glorieux…

— Vas-y, ta collègue attentive t'offre deux minutes d'écoute gratuites !

Son humour me fait du bien. Anna est solide, je peux compter sur elle, nous partageons les mêmes convictions. Elle est de ces enseignants qui ne laissent rien au hasard, préparant ses cours avec précision et analysant ses journées avec justesse. Si elle peut, elle aussi, s'agacer par moments, elle se montre avant tout bienveillante. Stricte, sans jamais prendre les enfants par surprise, elle sait aussi être rassurante, y compris avec les parents. Je me confie souvent à elle. Face à face devant notre assiette, je lui livre mes états d'âme.

— Je ne sais même pas quoi te dire. C'était nul ce matin. Impossible de leur faire faire ce que j'avais prévu. Ils étaient complètement bouchés, comme s'ils n'avaient jamais entendu parler du sujet ! J'étais là, à faire et à dire exactement le contraire de ce qu'il fallait ! Et si tu m'avais vue aux ateliers de maths. La débutante de base !

— Bon, ça s'appelle un passage à vide. Tu ne vas pas me dire que c'est la première fois en vingt ans de métier ?

— Non, évidemment. Mais ce n'est pas ça qui me rassure ! Même Mathéo a perdu ses moyens, t'imagines… Parfois je me demande si je ne devrais pas faire une pause. Faire autre chose, tu vois.

— Ben non, je ne vois pas bien… Tu ferais quoi ?

— Un métier moins dur, plus calme, qui ne demande pas tout ce travail le soir à la maison, moins stressant, plus prévisible.

— D'accord. Alors… élever des coccinelles… entrer au couvent…

On rit… Ce métier est le seul qui nous plaise vraiment. Le nôtre, pour toujours. Anna me ramène à cette réalité. Peu à peu, nos propos deviennent plus sérieux, mon stress diminue, nous parlons de notre défi quotidien : maintenir six heures par jour trente enfants dans une salle de 36 m^2, pour les instruire tous ensemble en dépit de leurs niveaux disparates, tout en respectant un programme beaucoup trop dense… Et combien de grands moments de solitude vivrons-nous devant l'élève hermétique à nos dizaines d'explications, de démonstrations, d'essais, de simplifications ? Pourtant il faut encore y croire.

On n'a jamais fini d'apprendre à enseigner. C'est parfois déstabilisant. Au fil des ans, l'expérience professionnelle nous permet d'affiner nos choix pédagogiques dans l'intérêt de nos élèves. Nous testons des méthodes aux effets faciles à analyser, nous inventons des astuces adaptées à certains enfants en difficulté. Mais l'erreur est toujours possible, même après vingt ans de métier. Pour preuve, cette matinée ! L'entrée de Chantal clôt la discussion. Pas envie d'entendre la litanie des « sanctions qui marchent» pour venir à bout des enfants «qui ne veulent rien faire». Chantal a toujours LA solution pour soumettre «ceux qui ne travaillent pas». Le jour où je m'en sentirai capable, il faudra quand même que je lui demande si, par hasard, l'échec d'un enfant ne relève pas parfois d'une défaillance pédagogique… Chantal considérant qu'il suffit d'être sage et bien élevé pour réussir sa scolarité, c'est pas gagné ! Nous détournons la conversation en passant commande du matériel pour les travaux artistiques du troisième trimestre. Je suis tentée par les toiles à peindre tendues sur tasseaux, comme les vrais peintres. Et si je me lançais…

Début d'après-midi calme. Les stores blanc crème tamisent la lumière trop crue qui tombe en reflets sur le tableau. Il règne une ambiance paisible. Comme tous les jours je leur lis une histoire. Ils adorent ce moment. La tête posée sur leurs bras croisés, l'esprit vagabond entre deux mondes. Nous retrouvons nos héros avec un plaisir immense : depuis deux mois, nous suivons les aventures d'un chat tigré et d'un jeune chien lancés à la recherche de leur petite maîtresse, partie en vacances dans le sud de la France. Les deux animaux, enfuis de leur chenil du Havre, entament un grand voyage qui embarque mes élèves dans un train, une montgolfière, une péniche. Nous traversons la France à la rencontre d'un hérisson savant, d'un sage hibou, d'un bouquetin rusé. Comme eux, nous avons peur de la fourrière, nous rions aux farces et nous apprenons une foule de choses au sujet des terrils, des écluses, des douves, des alpages. Aucun bruit ne vient perturber mon récit et lorsque je chuchote pour m'adapter à l'histoire, tous se figent, silencieux. Fin du chapitre du jour, clos par un «oh…» rituel et dépité. Il m'arrive parfois de poursuivre la lecture quand le suspense est trop intense. Cadeau ! Alors là, je suis la maîtresse la plus géniale du monde.

Mais il faut nous lancer dans l'expérience scientifique annoncée le matin. Eux avec frénésie, et moi, un peu sur mes gardes. J'ai rassemblé tout un équipement pour expliquer le mécanisme de conduction et de résistance de l'électricité. Mais je vais encore déchanter, vite dépassée par tous ces enfants excités et par le bruit du matériel manipulé avec agitation. Je suis incapable de dire s'ils ont adopté une démarche expérimentale ou s'ils jouent ! J'avais pourtant préparé avec soin les recommandations pour chaque groupe. Les enfants devaient noter leurs hypothèses et les résultats de leurs expériences sur des fiches déjà prêtes, en déduire les matières conductrices et les matières isolantes. Or, les piles plates et les ampoules gisent sur les bureaux, des ficelles, rubans de plastique, fils de fer, bandes d'aluminium parsèment le sol. Excédée, je me dirige vers l'interrupteur de la classe pour éteindre la lumière. Silence, les enfants savent que c'est mauvais signe. Soudain, j'envie les bonnes vieilles leçons de choses quand les enfants se bornaient à observer des schémas et à apprendre par cœur un résumé. Signe de fatigue ! Je leur demande de regagner leur place en silence, affiche ma contrariété et donne deux minutes pour tout remettre en ordre. Ils s'exécutent en s'adressant des coups d'œil et de petits signes discrets signifiant « Ouh ! là, là ! ça barde ». Retour, un brin directif, à la démonstration initiale.

Finalement, ils ont bien suivi une démarche expérimentale et chaque groupe confronte ses résultats à un autre. La synthèse de la leçon est rapidement déduite et les enfants s'appliquent à la recopier en silence dans leur cahier d'expériences. Ils sont géniaux de s'adapter si vite ! Mathéo lève timidement la main. D'une voix fluette il ose :

— Le corps humain aussi est conducteur alors ? Mon père m'a expliqué que l'électricité peut rentrer dans le corps et que c'est de l'électrocutation ! Son sourire ingénu me réconcilie avec cette folle journée.

Aujourd'hui c'était « un jour sans »... Ça arrive parfois. Je pousse enfin la porte de chez moi, dépose mes affaires dans l'entrée et souffle d'aise en songeant que l'on est vendredi. J'attrape un magazine qui traîne sur le buffet, pas encore lu. Et là, ce titre : « La fatigue des profs, mythe ou réalité ? »

Géométrie

Tracés à la règle.

— Prenez votre règle, votre crayon à papier et votre gomme.

— J'ai pas d'gomme…, dit Jules en farfouillant bruyamment dans sa trousse.

— Tu dois avoir tes affaires, Jules !

— Moi, j'ai pas d'règle, elle est chez moi.

— Moi aussi maîtresse, j'étais à l'étude et…

— Vous DEVEZ avoir vos affaires ! Vous savez que je n'accepte pas ça ! Vous faites perdre du temps à tout le monde !

Répartition rapide du matériel issu de la réserve de classe. Auditoire fin prêt, silencieux, yeux levés vers moi. Examen de mon cartable à la recherche des fiches de géométrie. Elles n'y sont pas. Dans mon tiroir ? Non plus. Sur le bureau… rien. Je crois que je les ai laissées chez moi.

7

C'est la récré !

— Maîtresse, le grand là-bas, il m'a dit dégage de là et il m'a poussé !

Il fait froid, j'ai envie de m'asseoir sur le banc avec ma tasse de café. Lundi matin, c'est mon tour de surveillance à la récré. Maud est encore dans sa classe avec ses CM1, pourtant elle devrait déjà être à mes côtés… Je ne réagis pas tout de suite au problème d'Amaury, espérant inconsciemment qu'il s'éloigne.

— Maîtresse, c'est le grand là-bas, avec le manteau noir.

Il n'a pas du tout l'intention de lâcher prise… Bon, je scrute l'horizon à la recherche du malfaiteur et, une fois décomptés cinq manteaux de la même teinte, je reviens à Amaury aux sourcils toujours froncés. Du haut de ses six ans il n'entend pas se laisser faire.

— Dis-lui de venir me voir tout de suite.

Amaury part en trombe vers son agresseur et tel un chien en arrêt s'immobilise face à un CM1 de trois têtes de plus que lui, qui me jette un regard agacé. D'un mouvement de la main, je lui confirme qu'il est attendu… Il arrive en traînant les pieds et se plante devant moi qui prends un air sévère. Je ne vais pas perdre dix minutes à régler cette affaire.

— Tu as dit à Amaury de dégager et tu l'as poussé. Je peux avoir des explications ?

Jules bombe le torse, hausse la voix, transpire et se met à faire des moulinets avec les bras.

— Mais les p'tits ils sont chiants aussi, ils nous prennent le terrain de foot alors que c'est pas leur jour !

Je force un peu le trait de la maîtresse-offusquée-par-les-gros-mots, le genre instit de *La Petite Maison dans la prairie* :

— Alors d'abord on ne dit pas chiant ici. Ensuite le terrain de foot n'a aucune délimitation, il me semble que tu es suffisamment intelligent pour comprendre qu'un enfant de CP puisse oublier que le lundi c'est le jour des grands. Il suffit de lui rappeler NOR-MA-LE-MENT !

Bien détacher les syllabes, ça marche bien ça, c'est assez efficace. Jules sait que s'il veut retourner à sa partie il a tout intérêt à baisser sa garde. De mauvaise grâce il change de posture.

— Humm…

— Excuse-toi.

— Pardon, Amaury.

— Allez, filez.

Fin de la première intervention. En vingt minutes de récréation il faut se préparer à une dizaine de petits faits de ce genre, sans compter les bobos aux genoux, les bosses au front, les envies de vomir. Maud, ma collègue, arrive enfin et, comme chaque lundi, fournit une raison exceptionnelle à son retard. J'ai l'habitude et je sais qu'une fois assise sur le banc elle va m'assener soit un cours de cuisine (moi qui rate même les gâteaux au yaourt), soit ses plaintes sur tous ces gens qui lui en veulent « et ça c'est vraiment trop injuste. » Maud, on la surnomme Caliméro. Elle s'assoit, rajuste ce béret en grosses mailles qu'elle adore, avale une gorgée de thé fumant, et embraye sur le week-end écoulé... dans sa belle-famille... On n'a pas fini !

Marina traverse la cour au pas de charge (le pas spécial directrices pour traverser les cours. Elles doivent l'apprendre en formation car, partout, j'ai vu les directrices courir comme ça, un document sous le bras). Elle passe devant nous et s'accorde cinq secondes pour nous rappeler d'un sourire conciliant :

— Une de chaque côté de la cour, mesdames ! C'est la consigne !

En chœur :

— Oui, mon adjudant !

L'une de nous s'exile alors sur l'autre banc, situé en zone dangereuse, à la droite d'une cage de foot… La semaine dernière c'était moi, mais là, Maud s'y colle. Avant même qu'elle atteigne cette place un peu redoutée, un tir digne de la Coupe des nations heurte son bras, fait valser le thé à la menthe et fige ma collègue pendant quelques secondes en statue antique. Un pied levé, un bras en l'air, tasse à la verticale, l'autre bras protégeant sa tête. S'ensuit un hurlement de voix de crécelle qui aura raison du groupe des fautifs. Le plus brave s'excuse, les autres se pincent les lèvres pour contenir leurs rires. Ce spectacle me ravit, je lève mon pouce en direction de Maud. Elle se vengera en me renvoyant tous les enfants qui la sollicitent, le temps d'éponger à grand renfort de mouchoirs sa veste de laine beige imbibée de thé.

Et il en pleut des « maîtresse il m'a dit ci », « maîtresse il m'a fait ça ». Les petits, les grands, les garçons qui se bagarrent « c'est lui qui a commencé », les filles qui se disputent « t'es plus ma copine », etc. Une vraie foire. Pour la plupart des instits, la récréation est un moment dénué d'intérêt, synonyme de surveillance ennuyeuse ou, mieux, l'occasion de passer un moment tranquille dans sa classe. Pourtant, c'est un événement clé dans la journée, un lieu passionnant d'observation. Dans cet espace clos se déroulent le pire comme le meilleur. Les enfants y recréent une microsociété avec des règles qu'ils ont plus ou moins inventées. Ils trouvent des coins reculés pour échapper à la surveillance des adultes, quitte à se servir des toilettes comme repaire. Je me souviens, enfant, d'y avoir vu ma sœur embrasser un garçon. L'un et l'autre avaient à peine dix ans… Et aussi une petite fille soulever sa jupe pour montrer sa culotte à la ronde, j'avais honte pour elle.

Dès la maternelle, les petits s'approprient la cour à leur façon, y élaborent leurs relations, façonnent leurs amitiés, élisent des endroits préférés, choisissent des jeux à la mode. Nous, les adultes, passons certainement à côté d'une multitude de moments cruciaux. Il suffit d'observer le tout depuis la fenêtre d'une classe, de préférence en étage. Je l'ai souvent expérimenté lorsque j'étais maître spécialisé. Les enseignants faisaient alors appel à moi pour tenter de comprendre les problèmes de certains enfants, leurs difficultés de comportement ou d'apprentissage, bien souvent les deux. Observer ces enfants dans d'autres situations que celle de la classe m'apportait une foule d'informations. La récréation devenait mine d'or. Conciliabules de filles, constitutions de groupes, régulations de conflits, expériences riches en compromis et consolations en tout genre. Les enfants me surprennent toujours par leur maturité à gérer une situation de crise.

La violence en récréation est souvent évoquée comme un nouveau problème de société, lié à la dégradation contemporaine des relations humaines. Or, il suffit d'étudier la littérature des décennies précédentes pour savoir que c'est faux. Aujourd'hui, dans une cour d'école primaire, un enfant est beaucoup plus en sécurité qu'auparavant ! Les témoignages sont formels : beaucoup de jeunes enfants attendaient alors la cloche comme une délivrance tant étaient violentes les agressions physiques et verbales qui leur étaient infligées. D'autant que les petites victimes se confiaient rarement à leurs parents, pas plus qu'à leurs enseignants. Mais la récréation reste encore aujourd'hui le théâtre d'éventuels dérapages. Voici quelques années, des journalistes avaient choisi de planter leur caméra dans une cour d'école maternelle : les images étaient effroyables. Des petits de trois ans se tirant les cheveux sans aucune raison apparente, se mordant, se griffant, se chipant les doudous. Une jungle en culottes courtes ! Il faut savoir que de telles attitudes sont courantes chez les petits. Aux enseignants de résoudre ces problèmes et de rendre ce moment agréable pour tous. Bien sûr, c'est plus facile dans une petite école…

La récréation met aussi en lumière ces petits maux qui ont un impact si grand dans la tête des enfants. Leurs priorités sont tant éloignées des nôtres parfois…. Perdre dans le vestiaire le bracelet rapporté la veille par un papa en voyage, voir l'amie de toujours refuser soudain de jouer, ne pas être invité à un anniversaire… Ils en seront perturbés jusque dans la classe. Le savoir permet juste de trouver la petite parole gentille, le geste rassurant, l'argumentation adaptée. Bref, de dire un peu moins souvent « c'est pas grave » quand, pour eux, ça l'est tellement.

Allez, Maud se lève et, le doigt ostensiblement pointé sur sa montre, signale la fin de la récréation. Elle jette au passage dans la poubelle murale tous ses mouchoirs en papier imbibés de thé, se dirige vers moi et me murmure son traditionnel « Je vais sonner, quand faut y aller, faut y aller ». Maud est une enseignante consciencieuse, vite déroutée par l'imprévu, donc souvent déroutée… Elle attrape la corde de la cloche et, avec force, fait raisonner trois coups.

Vocabulaire

Séance collective.

— Qui peut dire un mot de la même famille que « noisette » ?

Luan :

— Un oiseau !

8

Y a-t-il une vie après l'école ?

Dix-huit heures, je sors de l'école, espérant ne croiser personne. Je viens d'y passer presque dix heures et j'ai juste envie de rentrer chez moi. Dans une nuit déjà d'encre, je presse le pas jusqu'au métro. Le trajet du retour, au rythme balancé de la rame, m'offre un moment de répit. Je rejoins les héros de mon roman, aux antipodes de ma vie scolaire, avant de retrouver mes deux collégiens et ma choupette de six ans. Trois chapitres plus tard, ma maisonnée rapplique au bruit de la porte d'entrée. Mon compagnon ne rentrera que plus tard, « Tout le monde n'est pas instit ! », dira-t-il avec une pointe d'envie pour ce métier qu'il a exercé un temps. Comme beaucoup, il ignore à quel point mon travail est alors loin d'être terminé ! Je ne suis plus à l'école, mes enfants non plus, mais très vite elle s'impose quand même.

Parent d'élèves, je passe de l'autre côté du miroir. Comment ne pas parler de l'école ? Eux-mêmes viennent d'y passer leur journée ! Ma blondinette court vers moi un dessin à la main, cœur-fleur-princesse… L'aîné, en troisième cette année, me tend son carnet de correspondance de la main droite et un stylo de la main gauche. Trois mots à signer : une autorisation de sortie, une rencontre parents-profs, une fiche d'inscription au brevet des collèges. Mon cadet, élève de cinquième, m'adresse un « Hello Mum » volontairement désinvolte. Je rêve d'une douche, d'une tasse de thé et d'un bon livre, le tout dans le silence. Mais j'enchaîne sinon le temps va m'échapper. Un rapide contrôle de mes e-mails. Maud a déjà envoyé le compte-rendu du conseil des maîtres. Marina nous a adressé un bulletin d'information pour les parents à propos des nouveaux horaires d'ouverture de l'école. Ma sœur viendra peut-être à Noël. Ma fille, fatiguée, chouine un peu. Juchée sur mes genoux, nous jouons à la coiffeuse tout en se racontant notre journée. Son CP dans l'école du quartier se déroule sans problème, je le devine au contenu de ses cahiers, car elle se confie peu. Je lui demande si la maîtresse est gentille (ben oui, même moi), ce qu'elle a appris aujourd'hui, mais elle élude mes questions. Sa vie à l'école est surtout marquée par Alice qui trouve ses chaussures moches, par Lise qui lui a prêté sa corde à sauter et par Auguste puni chez la directrice pour avoir poussé Samuel dans la cour. Elle parle très peu de ses apprentissages, consent tout juste à évoquer sa découverte de nouveaux sons ou de nouvelles lettres. Est-ce parce que je suis enseignante ou tous les parents sont-ils aussi désappointés en constatant que la vie scolaire de leur enfant n'appartient qu'à lui ?

Pendant que la petite joue dans son bain avec une armée de figurines rescapée de jeux en tout genre, je m'approche du repaire de l'aîné qui, après la séance de signatures, s'est déjà enfermé. Le travail du soir dévore tout son temps. Un coup bref sur la porte et je découvre son agenda débordant de notes et abréviations façon sténo, prises dans la précipitation, résumant ses obligations. Devoir de maths « à rendre et qui compte dans la moyenne », me précise-t-il avec une pointe d'angoisse. Commentaire de texte en français « pour nous préparer au brevet ». Recherche personnelle en histoire de l'art « tu pourras me prêter ton ordi maman ? ». Apprendre les déclinaisons en latin « bon, ça c'est bon, je les sais déjà ». Espagnol : compléter le dialogue n° 4, Anglais nos 2, 6, 7, p. 121-122. Autant de devoirs relèguent les jeux favoris dont il se régalait il y a peu encore. Les Warhammers et leurs armées de Space Marines, Tyranids et autres Carnifex ne sont plus que des passe-temps volés, négociés, parfois au prix d'un devoir un peu bâclé. Me voici prise au piège de mes contradictions : je souhaite que mes enfants réussissent mais je fustige tout autant ce système qui saborde les loisirs d'un jeune de quatorze ans en proie au stress, au découragement et à l'anxiété. Parfois, je m'offre le luxe de lui dire : « Tu pourrais peut-être faire une pause là... », mais il me dit qu'il ne peut pas, il n'a pas terminé. Plutôt, il me le grogne...

Le profil de son jeune frère est radicalement différent. Il est entré au collège la fleur au fusil, heureux de pénétrer dans un nouveau monde, se délectant des trésors de la vie en groupe... Quelques sanctions et retenues plus tard, il intégrait la différence fondamentale entre un centre de loisirs et un établissement scolaire. Bon élève, comprenant vite et bien, il sait aussi choisir entre une série de médianes à tracer dans des triangles et une partie de Mastermind avec sa sœur (ou, depuis quelque temps, un tête-à-tête avec son portable qui fleurit de SMS). Le cadet de mon compagnon, lycéen, est aujourd'hui chez sa mère, laissant derrière lui le désordre d'une chambre d'adolescent. Tête de classe depuis toujours, de nos cinq enfants c'est celui avec lequel nous avons le moins souvent parlé école.

Je regarde mes enfants en essayant de les imaginer élèves. Les autres parents font-ils de même ? Oui, si je me fie au nombre de ceux qui m'ont glissé : « J'aimerais tellement être une petite souris pour venir le voir en classe... » Tous les parents ressentent ce double sentiment, désir et frustration, mais la rupture entre le monde de la maison et le monde de l'école est nécessaire. La séparation doit être accompagnée, certes, notamment au moment de la maternelle, mais elle demeure indispensable. Les enfants en ont besoin pour grandir et pour apprendre. Les enseignants ont le privilège de voir les enfants s'organiser une petite vie à l'école, s'essayer à des modes de relation, transgresser les règles pour mieux se les approprier et faire l'expérience de la collectivité. La plupart s'y adaptent très bien et apprennent ainsi à composer à la fois avec ceux de leur âge et avec les adultes. Si le lien avec les parents de mes élèves m'est fondamental, je protège aussi certains aspects de la vie des enfants. En clair, je ne dis pas tout. Cette position me rend très compréhensive vis-à-vis des professeurs du collège. Je ne peux que leur faire confiance dans l'analyse d'une situation concernant l'un de mes fils. Ils savent mieux que moi. Nous parlons beaucoup de l'école à la maison, peut-être davantage de la mienne que de la leur. Mes enfants avancent tranquillement dans leur scolarité sans que j'aie trop à les épauler. Juste prendre des nouvelles, réajuster le tir parfois, faire réciter une leçon par-ci par-là.

Bain, dîner, histoire du soir pour ma fille qui bâille, recueil des questions existentielles de mes bébés-ados et la première partie de la soirée s'achève, comme dans beaucoup d'autres foyers.

Sauf qu'à présent je dois travailler… La lassitude me gagne, je repousse le moment fatidique. J'opte pour un autre créneau horaire. C'est ma liberté. Peu de gens imaginent le travail qui attend encore les maîtres en dehors de l'école, contraints de dégager du temps pour effectuer les corrections, préparer les séances, créer des outils ou anticiper le matériel. Au fil des ans, on peut s'appuyer sur les mêmes documents, mais il est rare de les reprendre à l'identique. De nouveaux élèves entraînent de nouvelles exigences. Tous les enseignants le savent.

Assise à mon bureau, l'énergie revient, je me concentre et en une heure boucle la journée à venir. Il me faut inventer une façon originale et ludique d'aborder le pluriel des noms communs. J'élabore un scénario en imaginant le cheminement de mes petits savants, entre les S, les X et les exceptions en tout genre. Le texte choisi pour l'occasion va leur permettre de s'emparer des règles orthographiques avec amusement et efficacité. J'aime accoler ces deux mots : amusement et efficacité… Apprendre est, en soi, jubilatoire. Inutile de chercher pour cela des supports extraordinaires. Un bon texte, bien adapté, et mes vingt-huit chercheurs vont se régaler à sonder les mots et à en extraire leurs secrets. Encore pleine d'entrain, j'enchaîne avec la sélection de plusieurs problèmes mathématiques sur le thème de la multiplication en prenant soin d'adapter le niveau pour certains. J'imprime les figures géométriques à reproduire dans un quadrillage. Puis je passe aux sciences, j'effectue une recherche sur Internet au sujet de la germination : ma séance de l'année dernière ne me convient pas. Je retrouve alors des sites très appréciés des enseignants, où des collègues ingénieux partagent leurs ressources. Charivari, Lutin Bazar, Lakanal, La main à la pâte… Je m'abreuve à leurs idées, construisant mes documents à partir des leurs, ou bien m'appropriant leurs trésors tels quels. Le tout est rangé dans mon imposant bureau de bois massif, renflé de quatre tiroirs de part et d'autre. D'allure un peu soviétique, certes, mais qui, au moins, ne bouge pas quand j'écris. Il recèle une vraie papeterie car, comme tous mes collègues, je dois trier, classer, étiqueter, noter, surligner, calculer, gommer. Et si une étagère croule sous les livres pédagogiques et les manuels des élèves, mes cours sont également stockés sur mon disque dur. Toute ma vie d'instit se trouve là aussi, bien ordonnée dans un coin de ma chambre.

Il est plus de 21 heures lorsque je sors de ma bulle, satisfaite de tout ce que je glisse dans mon cartable. Il m'arrive d'avoir hâte de tester mes trouvailles auprès de mes élèves. C'est le cas ce soir. Tout en préparant le dîner, j'ai en tête le menu aux mille saveurs du lendemain : mardi, jour de la rédaction.

Numération

Ranger les nombres du plus petit au plus grand.

— Et ce rangement s'appelle l'ordre croissant. On dit que l'on range les nombres en ordre croissant. Voilà.

Auditoire attentif, silence monacal.

— Alors, si l'ordre croissant, c'est ranger les nombres comme ça, à votre avis, l'ordre décroissant c'est… ?

Maéva :

— Le pluriel !

— ?

— Ben là y a croissant. Et après, y a des croissants.

9

Plaisir d'écrire

— Ouvrez vos cahiers d'écrivain, vous y trouverez un message…

Chuchotements, coups d'œil interrogateurs, mes vingt-huit élèves se penchent à l'unisson pour récupérer à la hâte le cahier violet, recueil de leurs créations littéraires. Les pages se tournent frénétiquement, çà et là fusent des « Oh ! là, là ! regarde ce que j'ai ! », « C'est quoi cette enveloppe ? », « Moi aussi j'en ai une ». Je jubile.

— Eh oui, vous avez du courrier ! Je vous laisse le lire tranquillement puis nous en parlerons.

Mon plan fonctionne à merveille. Comme chaque année, Laurence, enseignante en école rurale dans le Perche, s'est faite ma complice pour organiser une correspondance entre nos élèves. Cet échange épistolaire, qui ravit les enfants, leur permet de s'exprimer par écrit pour raconter, se confier, partager des passions et des rêves. Mes élèves, de vrais citadins, sont curieux de la vie à la campagne, tout comme les petits Percherons le sont de la vie parisienne. Laurence et moi sommes bien rodées, et nous parvenons toujours à planifier une rencontre « pour de vrai » en fin d'année, soit chez l'une soit chez l'autre, pour une journée à la ferme ou un pique-nique au pied de la tour Eiffel.

Concentrés, ils déchiffrent ce premier courrier. Dans les rangs, je souffle certains mots à ceux gênés par une calligraphie approximative ou des termes inconnus. Les chuchotements s'intensifient, les conciliabules s'enflamment. J'interviens en accentuant le ton interrogateur :

— Alors… Qui sont les expéditeurs de ces lettres ? Comment le savez-vous ?

Les petites mains se lèvent avec énergie, les yeux brillent et je donne tour à tour la parole à chacun. Petit à petit, le puzzle se reconstitue et la joie se lit sur les visages. Je leur confirme :

— Oui, vous allez faire la connaissance de nouveaux camarades ! Je connais bien leur maîtresse, elle s'appelle Laurence. Elle est très gentille. Dans sa classe il y a des enfants d'âges différents : le plus jeune a six ans et le plus âgé a neuf ans.

— Dans la même classe ? Il a redoublé plein de fois celui qui a neuf ans !

— Mais non justement. Dans les campagnes c'est souvent comme ça car les enfants des villages ne sont pas assez nombreux pour constituer des classes entières, alors ils ont trouvé cette solution, et la maîtresse est une championne car elle fait en même temps le CP, le CE1 et le CE2 !

— Trop bien !

— Oui, en plus ils ne sont que dix-huit en tout, alors c'est presque comme une famille.

— On peut y aller nous aussi ?

La carte de France épinglée au mur nous indique bien la région Centre, puis le département de l'Eure-et-Loir, mais pas le petit village de nos amis. Je leur promets une carte détaillée pour demain. Chacun prend le temps de lire à haute voix la lettre reçue. Certains ont parfois le même correspondant. Forcément, entre dix-huit et vingt-huit élèves, il a bien fallu trouver une solution…

Arthus fait partie des plus enthousiastes. Depuis notre échange en tête à tête, il se libère un peu et son attitude de plus en plus positive récompense mes efforts. Écrire reste un terrain mouvant pour lui, aussi je demeure vigilante, m'entourant de multiples précautions avant de l'inciter à se lancer. Son correspondant s'appelle Renaud, un prénom inconnu qui lui donne une véritable aura. Renaud lui raconte sa passion des chevaux et son trajet vers l'école à vélocross. Subjugué, Arthus lève un regard plein d'admiration. Cette correspondance va nous fournir un terreau fertile. C'est génial !

— Pourquoi, à votre avis, ai-je glissé ces lettres dans le cahier d'écrivain ?

— Ben oui, c'est ce que je me demandais justement, m'avoue Sophie qui a souvent une longueur d'avance.

— Parce qu'on va devoir leur répondre !

— Parce qu'il va falloir faire des lettres pour eux !

— Parce que tu vas nous apprendre à leur écrire !

Je les laisse égrener leurs propositions. Ne pas trop se presser… Hugo, dubitatif, prend la parole :

— On a déjà appris à écrire des lettres ! Quand c'était Noël !

— Tu as raison, Hugo. Vous savez parfaitement présenter une lettre. Vous feuilletterez vos cahiers pour revoir la leçon. Alors Hugo, as-tu une idée de la raison pour laquelle j'ai placé les enveloppes dans vos cahiers d'écrivain ?

— …

— Quelles informations vous donnent vos correspondants ?

Un échange animé lève l'énigme : il faut apprendre à se présenter, à brosser un autoportait fidèle. Silence. Ils réfléchissent à toute vitesse.

— Je peux dire que j'habite à Paris par exemple ?

— Et moi je peux dire que je viens d'avoir un petit frère ?

— On doit aussi dire comment on est. Si on est blond ou brun par exemple, si on est grand, si on est maigre et tout et tout. Ils l'ont dit eux dans leur lettre, précise Léa.

— Et puis aussi ce qu'on aime faire ! C'est écrit là !

Voilà. C'est parti. Dans un esprit de collaboration étonnant, ils dégagent les éléments à insérer dans leurs lettres, en rebondissant avec intelligence sur la correspondance reçue. Je reporte sur le tableau le fruit de leurs déductions, et structure le tout en un bref résumé oral. J'ai prévu une batterie de textes courts, extraits d'œuvres littéraires croquant portraits et autoportraits, riches en figures de style et adjectifs judicieux, mais leur impatience à répondre à leur correspondant bouleverse toute ma programmation. Je vais les laisser écrire puis améliorer leur premier jet en s'imprégnant des autres textes.

Éléonore taille son crayon, Félix tapote sa feuille, Lâam lève déjà le doigt, Clara réfléchit, les yeux au plafond, Mathéo relit son courrier pour la quatrième fois, et Arthus trace les premières lettres de sa missive…

À leur niveau, l'exercice reste périlleux. Mettre en mots des idées, des images, des sentiments. Compétence suprême de la langue. Presque un art.

Heureuse complexité qui réconcilie forme et fond, pousse l'enfant à se munir des règles arbitraires du langage écrit pour libérer sa pensée et exprimer son originalité. En un mot, exister. J'ai la chance de vivre cela avec eux, en plein cœur de ma classe.

Pour faire face à leurs multiples demandes (vingt-huit élèves donc vingt-huit textes), j'impose une discipline stricte à laquelle ils se conforment plutôt bien : ni déplacement ni bavardage. On cherche l'orthographe des mots dans les divers supports accessibles à chacun : textes déjà produits, dictionnaire, classeur thématique commencé dès le CP, cahier de leçons. Mais des enfants de sept ans ne peuvent tout prendre en compte d'un coup. Alors la pièce retentit de « Dominique, comment ça s'écrit voyage ? », « Maîtresse, y a un accent sur le A dans à partir de ? », « Pour la Seine, c'est le ê de reine ou de sirène ? ». Je virevolte, évite de justesse les dossiers de chaises, me cogne la jambe sur les coins de table. J'oublie mon stylo je ne sais où, emporte le cahier d'un enfant qui me le réclame à grand cri. Un vrai sport ! Je passe de l'un à l'autre, très occupée avec Lâam, Félix et Samia qui ne peuvent pas encore écrire seuls. Trop attachée à l'orthographe, j'évite les « Écris comme tu penses, on verra après ». Au contraire, je cherche la rigueur, argumentant mes réponses, les renvoyant à leurs connaissances, avec toute la souplesse possible : il ne s'agit que d'un essai qui sera repris. Il m'importe d'abord qu'ils trouvent les bons mots pour dépeindre leur apparence, leurs goûts, leur vie. Et ils y arrivent, avec des résultats inégaux bien sûr, mais dans notre école les enfants produisent des écrits dès le CP, un choix pédagogique assumé. Mes élèves de CE1 évoluent alors en territoire connu et manifestent déjà une certaine aisance, voire pour quelques-uns un réel talent.

Au troisième trimestre, j'aurai la chance de travailler en alternance avec une moitié de ma classe, l'autre partie s'initiant à l'anglais avec un professeur. En attendant, je me débats au milieu d'une nuée d'écrivains en herbe qui se démènent pour offrir à leurs correspondants une réponse digne de ce nom… En effet, Laurence a bien travaillé, ses élèves ont utilisé des tournures bien ajustées, des mots choisis avec précision, des enchaînements de phrases logiques et fluides. Mes CE1 s'en inspirent et s'approprient des techniques littéraires dont ils ignorent le nom, mais qu'importe ! J'attends le jour où je pourrai lire certaines rédactions à haute voix. Un moment de plaisir pour les enfants. J'entends encore Mme Bessis, ma maîtresse de CM2, s'appliquant à mettre le ton pour relater mon déménagement de la France vers la Tunisie tel que je l'avais rédigé.

Le son de la cloche fait lever les têtes, je leur souhaite une bonne récréation et, une fois seule, relève quelques cahiers pour goûter tranquillement à leurs écrits. C'est mon moment. Ils ont eu de bonnes idées pour brosser leur autoportrait, la plupart ont respecté un ordre un peu établi, mais je me régale de leurs tournures drôles, émouvantes, parfois originales. Je souligne ou corrige quelques erreurs et sélectionne les idées qui illustreront mon propos pour la deuxième séance. Je voudrais tout lire mais le temps m'est compté. Alors je parcours les lignes d'Arthus, faisant fi de son orthographe et de sa calligraphie maladroites :

Cher Renaud,

Je m'appelle Arthus et j'ai sept ans, comme toi. Je suis petit et j'ai beaucoup de cheveux en plein dans le désordre. Merci de ta lettre. Moi je n'ai pas de frère mais j'aimerais que ce soit toi.

À bientôt

Arthus, CE1.

Je relis doucement, émue par cette poésie naissante, cette légèreté inattendue, naïve et profonde à la fois. Un moment de grâce.

Lecture

À haute voix et à tour de rôle.

Léonie :

— « Puis l'animal sauvage dévora sa proie avec ses crocs. »

— Bien, Léonie.

Avant de poursuivre, je vérifie tout en écrivant le mot au tableau :

— Qui sait ce que veut dire « croc » ?

Laura :

— C'est le petit du crocodile !

10

Des parents, des rencontres…

21 novembre 2011

Bonjour Dominique, Mon mari et moi souhaitons un RV pour parler de Clara, à 16 h 30 un mardi ou un jeudi si possible. Merci.

B. Santini

Clara, debout devant mon bureau, attend son cahier de correspondance. Elle me fixe d'un air sérieux tandis que le flot de joueurs de foot, champions de chat glacé et adeptes de corde à sauter, s'engouffre dans la cage d'escalier pour gagner la cour de récréation.

En dix-neuf ans de métier, j'ai bien dû accorder quelque cinq cents rendez-vous de parents d'élèves, mais lorsque la demande émane de la famille sans que je m'y attende, j'éprouve une certaine inquiétude, voire un soupçon de déstabilisation. Agenda, crayon, recherche d'un créneau disponible. Le mardi je surveille l'étude, ce sera donc un jeudi. Jeudi prochain je détale à 16 h 30 : rendez-vous de parents au collège de mon fils, professeur de français à 17 h 15, professeur d'anglais à 17 h 20, professeur d'histoire-géographie à 17 h 25. Pas intérêt à être en retard avec des horaires comme ça… J'aurais bien voulu rencontrer le prof de maths mais Clément m'a informé avec résignation qu'« il est complet ». Ah bon… Jeudi suivant alors, le 19 janvier pour les Santini, oui c'est libre. Nous ne sommes plus que toutes les deux, Clara et moi, dans la classe. Les enfants sont friands de ces moments privilégiés, alors je fais durer le plaisir. « Venir au bureau » de la maîtresse, c'est approcher une part de son intimité : ses différents stylos, un pot à crayons en cuir, un trousseau avec mille clés, un registre d'appel, etc. Comme les autres, j'ai aimé cela. Penchée sur le cahier de Clara, je note avec mon stylo violet (le préféré des filles car l'encre brille un peu) en lisant à voix haute, un peu théâtralement :

— Je vous propose le 19 janvier, de 16 h 30 à 17 heures, dans la classe. Merci de me dire si cette date vous convient. À bientôt. Dominique.

La fillette, suspendue à mes mots, a des étoiles dans les yeux. Attendrie, je réalise que je devrais plus souvent regarder chacun de mes élèves comme un enfant unique. Certains, Samia, Lâam et autres Arthus, me poursuivent jusque dans mes soirées familiales (« Tu penses à quoi, maman ? »). Pour eux je déploie tous mes moyens. Mais les élèves comme Clara, enfant tout-venant comme la définirait mon manuel de pédagogie générale, petite fille sans histoire, je n'y prête pas assez attention.

— Sais-tu pourquoi tes parents veulent me voir, Clara ?

— …

— Je suis contente de les rencontrer, je ne les connais pas encore.

— …

— Papa sera là aussi ?

— Oui, je crois, il a dit qu'il allait essayer de sortir plus tôt du bureau.

— D'accord.

Sur le pas de la porte, elle marque un temps d'arrêt, se retourne et me dit d'un ton enjoué que je ne lui connaissais pas :

— Chez moi, j'ai un chat tigré, il s'appelle Loustic.

Et elle file. Cet instant, d'apparence anodin, reflète le cœur de mon métier : faire du lien. Un acte informel, subtil et dense à la fois. La cloche sonne, mes vingt-huit enfants uniques remontent au pas de charge, et la journée continue.

En fin d'après-midi, sur mon bureau les post-it bataillent avec les dessins de princesse-cœur-fleur du jour « Pour toi maîtresse », les fiches à corriger dès ce soir. En remettant le tout en ordre, je songe à cette demande de rendez-vous. Rien dans les dossiers scolaires ne signale la moindre anicroche au cours du CP de Clara. Ce doit donc être un rendez-vous juste-comme-ça…

Un texto d'Anna m'invite depuis son CE2 : « 1 000 corrections, et toi ? ici thé cake. Rapplique. » Après six heures face aux élèves, notre langage se relâche… Décompression assurée auprès d'Anna. Nous aussi nous éprouvons le besoin de rire ou de râler ensemble, partager nos moments de doute et de réussite. « Ok pour thé cake, correc ++ aussi. Jariv. »

Une traversée de cour et un étage plus tard :

— Salut, Cruella !

— Salut, Barbie…

Décidément, l'univers enfantin déteint bien sur nous… J'avale un morceau de cake aux fruits confits, reste du déjeuner chipé à la cantine par Anna qui a ses entrées en cuisine. Cette histoire de rendez-vous me trotte dans la tête.

— Tu les connais les Santini, toi ?

— Santini… Santini… Ah oui, j'ai eu le frère il y a quelques années, Diego. Un gamin sympa. Tu as la sœur cette année, non ?

— Clara. Sympa aussi. Et les parents ? Je te demande ça parce que j'ai une demande de rendez-vous là…

— Ben. RAS, je crois. Rien dans mes souvenirs en tout cas.

— Je me demande ce qu'ils veulent.

— Juste savoir si leur merveille t'éblouit chaque jour par son génie intersidéral !

Je ne m'aventure plus sur le sujet, stoppée dans mon élan par le ton sarcastique de ma jeune collègue. Anna enchaîne, l'œil pétillant :

— Tu sais que Maud devait avoir une stagiaire cette année en CM1 ?

— Et… ?

— Eh bien surprise : c'est UN stagiaire !

On échange un air entendu… Les enseignants d'école primaire sont à 85 % des femmes, alors quand les 15 % restants se hasardent dans une école, ça se remarque. De vraies gamines… capables, quand même, de se plonger ensuite dans une heure silencieuse de corrections.

Jeudi 19 janvier. Jour de neige.

Toute la journée, les flocons vont ravir les enfants. Éternel effet apaisant de ce coton si léger recouvrant peu à peu les rebords de fenêtres, le sol et les bancs de la cour. À l'annonce tonitruante de Samia « Oh, il neige ! », doigt pointé vers les fenêtres, tous mes élèves se précipitent, nez collés aux vitres, fascinés par ce nouveau paysage. La récréation est très attendue : bonshommes de neige au programme ! Ce soir, les adultes admireront l'alignement de personnages blancs et ventripotents. Clara, elle, guidera ses parents jusqu'à ma classe. À chaque rendez-vous, je dispose sur le bord de la table quelques cahiers de l'enfant, parfois ses livrets scolaires précédents et une feuille pour prendre des notes. En attendant, je feuillette les cahiers. Non, décidément, rien ne me soucie. Quelques erreurs classiques rapidement surmontées, une facilité à répondre aux consignes scolaires, un rythme de travail plutôt soutenu.

Des pas se font entendre dans l'escalier au moment où j'ajuste l'un des protège-cahiers. J'accueille mes visiteurs avec l'air le plus avenant possible, tandis que leur fille redescend dans la cour. Mme Santini, petite femme brune d'allure sportive, me salue d'une voix assurée en souriant. Son mari, un peu en retrait, m'adresse un signe de tête tout en retirant son manteau gris et son chapeau de feutre. Son allure, sa haute taille m'impressionnent un peu. Elle exerce le métier de graphiste et lui travaille dans une agence de publicité. Deux métiers très différents du mien. Tant mieux… les parents profs ne sont pas les plus faciles à recevoir ! À la fois sereine et en attente, je les invite à prendre place et à s'exprimer en premier. Après un rapide coup d'œil à son mari, Mme Santini se lance :

— Clara nous soucie un peu en ce moment et nous pensons qu'il est temps de vous en parler. Depuis le mois d'octobre elle est taciturne, elle a aussi du mal à s'endormir, mange peu et se montre parfois agressive avec nous. C'est nouveau, jusqu'à maintenant c'était une enfant gaie et avide de tout. Elle ne nous parle que très peu de l'école, ce qui nous étonne. J'en ai discuté avec ma tante qui est psychologue et il se peut que Clara s'ennuie en classe.

Ah, voilà le terrain où vont se jouer les choses… Je note les éléments livrés par la maman auxquels j'ai déjà quelques réponses. Je me concentre sur l'enfant en me remémorant son comportement. Ne pas me braquer, ne pas m'apitoyer ni me laisser séduire. Rester professionnelle. Attentive, je les invite à reformuler tel ou tel point, à préciser tel ou tel événement. Tant que je ne me suis pas exprimée, je devine leur prudence. Finalement, Mme Santini va droit au but prévisible : le saut de classe.

— Clara serait sans doute plus épanouie en CE2.

La maman marque une pause, se tourne vers son mari, imperturbable, qui se contente d'acquiescer. Souvent les pères n'affichent pas les mêmes positions que les mères. Se sentent-ils moins « atteints dans leur chair » ? Ils s'impliquent moins, considérant davantage qu'à la petite école (c'est-à-dire le primaire) on ne joue pas sa vie, alors… Certains semblent à la fois amusés et égarés sur cette curieuse planète peuplée de femmes et d'enfants. Ce positionnement peut s'avérer utile pour équilibrer le rapport parents-prof. M. Santini me fixe sans animosité, apparemment curieux de la suite. Je rassemble mes idées face à un enjeu de taille : maintenir la confiance et l'entente alors que je vais les contrer.

— J'ai bien entendu ce que vous m'avez dit. Je vais vous parler de votre fille en classe. Je vous donnerai mon avis et nous en débattrons.

Je distille mon point de vue à ce couple un peu tendu. Avec assurance mais sans arrogance :

— Clara est une petite fille charmante, agréable. En classe elle est discrète mais sait aussi participer : en mathématiques elle fait partie de ceux qui demandent régulièrement la parole. Elle a des amies, elle est vraiment bien intégrée au groupe. Son attitude à la maison me surprend car à l'école c'est une enfant bien dans sa peau. D'ailleurs votre demande de rendez-vous m'a étonnée ! J'ai conscience que ce qui se passe à la maison vous tracasse, mais je vous rassure : je crois qu'elle passe ici de bonnes journées.

Je sais par expérience que mes propos peuvent alimenter leur souhait. Ils pourraient affirmer que la maturité de Clara lui permet justement de s'adapter à toutes les situations, y compris un passage en classe supérieure. Puis j'aborde son bon niveau scolaire dont témoignent ses cahiers de français et de mathématiques.

— Clara a des résultats très satisfaisants. Elle a une bonne capacité de concentration, ce qui lui permet d'avoir un rythme de travail adapté. Parfois, elle tombe dans quelques petits pièges (je montre les pages révélatrices en prenant soin de dédramatiser), mais elle profite bien des explications supplémentaires. Elle fait partie des bons élèves de la classe, il y a un excellent groupe de tête cette année !

J'ai sur eux un avantage, je connais le comportement de leur fille en collectivité. C'est une différence fondamentale. Parents et enseignants s'affrontent parfois sur ce terrain-là. Pour les uns, la maîtresse ne comprend rien aux enfants, pour les autres, ceux-ci sont trop chouchoutés chez eux. Mais un individu ne se comporte pas de la même façon au sein d'une famille de quatre personnes ou dans un groupe de trente. Il faut l'accepter.

Je ne pense pas que Clara s'ennuie mais ne nie pas non plus que l'on puisse s'ennuyer en classe. Il arrive que des enfants de CP soient déjà lecteurs, très autonomes, et doivent passer dans la classe supérieure du fait de leur excellent niveau. Les mêmes possèdent une capacité décuplée à maîtriser de nouvelles compétences, complexes et expertes. Dommage que l'idée des cycles née dans les années quatre-vingt-dix n'ait pas été réellement mise en place. Il s'agissait de ne plus penser classe par classe, mais d'étaler les apprentissages sur trois années en fonction des élèves. Une alternative possible au redoublement ou au saut de classe. Ce projet ambitieux aura manqué de suivi dans les écoles et d'accompagnement de la part des enseignants.

Clara figure parmi les bons élèves bien intégrés dans son groupe qui effectuent une part de travail dit « différencié », c'est-à-dire adapté à leur niveau. Je me soucie beaucoup de cela : ne pas trop faire attendre mes élèves, faire en sorte qu'ils apprennent encore et toujours. Oui, il m'arrive de leur demander de lire en attendant, de les relancer sur des fiches d'entraînement un peu semblables à celles de la veille. Mais eux-mêmes savent mettre à profit chaque instant, même le moindre désœuvrement.

Mes interlocuteurs s'impatientent un peu. Je conclus pour leur laisser la parole :

— Je vais prendre le temps de parler de tout ça avec Clara pour l'entendre et trouver des solutions à l'intérieur de la classe en fonction de ce qu'elle me dira. Je n'envisage pas un saut de classe car Clara apprend beaucoup de choses en CE1 et je pense qu'elle y est à sa place. J'espère que son comportement à la maison évoluera dans le bon sens, le fait même de s'être rencontrés peut modifier son attitude, la rassurer. Sinon, peut-être y a-t-il quelque chose à savoir qui n'est pas en lien avec l'école ? Tenez-moi au courant bien sûr.

À ma grande surprise, le père de Clara reprend l'entretien, d'une voix caverneuse de grand fumeur :

— Je me doutais bien que vous refuseriez ce saut de classe. Le frère de Clara a lui-même attendu deux ans avant qu'une enseignante comprenne enfin que c'est la seule solution. Clara a besoin d'être stimulée. Je me suis moi-même ennuyé ferme tout au long de ma scolarité et je ne veux pas que mes enfants subissent le même sort. Je reconnais en Clara des attitudes de son frère. Je sais que la solution est un saut de classe. J'espère que nous n'aurons pas trop longtemps à attendre cette fois.

Il se recule sur sa chaise, signifiant la fin du réquisitoire. Visiblement, il ne tient pas au dialogue. En début de carrière, je me serais sentie jugée dans ma capacité à intéresser mes élèves, avec une propension à me dévaloriser. Aujourd'hui je ne me sens pas atteinte. Je constate juste que nos analyses divergent. Je ne peux m'empêcher d'y voir comme une projection parentale sur l'enfant, une crainte dont Clara serait le reflet. Clara n'est pas son père, elle n'est pas son frère non plus. C'est ce que j'essaie de dire, mais M. Santini en a fini avec moi, il daigne à peine me regarder et frise l'incorrection. De marbre, je referme les cahiers de sa fille en concluant :

— Parlez à Clara. Vous pensez qu'elle s'ennuie, mais avez-vous vraiment abordé le sujet avec elle ?

— Elle dit quand même qu'elle ne veut pas aller à l'école, insiste la mère.

— Certes, mais de là à faire l'hypothèse de l'ennui… C'est peut-être autre chose.

Je m'attends à une opposition frontale. À tort car la réaction de Mme Santini me surprend agréablement.

— Je vous remercie de nous avoir reçus et nous allons trouver un moment propice à une discussion avec Clara. C'est pas simple les enfants ! On se revoit avant les vacances d'hiver ?

Il y a comme un soulagement dans sa voix ou peut-être de la résignation. Finalement, son mari ferait-il partie des pères imposant les règles du jeu scolaire à la maison ? Je continue de m'adresser à elle.

— Bien sûr, et si vous avez des éléments nouveaux n'hésitez pas à venir me voir. Je ferai de même.

Je raccompagne le couple en haut des marches. Poignées de main. Sourires. Monsieur penche le torse pour me saluer, d'un mouvement désuet, un peu ridicule. Ils s'effacent dans l'escalier désert. Je parlerai à leur fille dès demain. Je suis prête à parier qu'elle porte un regard positif sur l'école.

Les rendez-vous avec les parents d'élèves relèvent de l'imprévisible. Chaque partie cherche à s'accorder avec l'autre, souvent avec succès, parfois au prix de remous ou de revirements houleux. Chaque rencontre s'inscrit dans une histoire singulière.

Il y a les « faciles », parce qu'il est important de se connaître et d'échanger. Les parents sont à l'aise et seulement curieux du comportement de leur enfant. L'enseignant glane des informations sur la vie de famille, sans volonté d'intrusion. Chacun ressort serein de ces moments plaisants.

Les rendez-vous dits « délicats » sont fatalement en lien avec la difficulté scolaire. Une fois le constat posé, souvent partagé par les parents, il s'agit de rassurer en jurant de la capacité de l'enfant à progresser et de la mienne à l'aider. Il faut du tact pour dire « votre enfant a des difficultés importantes pour comprendre ce qui se fait actuellement en classe » sans déclencher un séisme dans le cœur des parents… Certains ne veulent pas savoir. On ne peut que les comprendre. D'autres cherchent avec nous des solutions, dans un authentique esprit de collaboration. Alors, nous tâtonnons ensemble et je dois me montrer bienveillante pour dire la réalité, pour signifier ma foi en l'élève même si, au fond, il m'arrive de douter. Vais-je réussir à le faire progresser ? À chaque fois, j'évite de dramatiser et soutiens de mon mieux l'énergie engagée par la famille dans l'intérêt de son enfant. Il faut louer des talents peu exploités dans le cadre scolaire comme l'intelligence socio-relationnelle, les performances sportives, la créativité artistique. J'y crois tellement… Je sais la souffrance de ceux qui ont à porter un enfant en perte de confiance en soi, en l'école, et bientôt en l'adulte.

Enfin, les rendez-vous « difficiles » nés de situations conflictuelles elles-mêmes parties d'une broutille. Un mot rédigé dans le cahier de correspondance d'une écriture rageuse ou sur un ton sec. La demande émane soit de l'enseignant contrarié ou de la famille remontée. La confrontation de deux mondes aux antipodes. Une histoire de chasse gardée : d'un côté l'enseignant maître de sa classe, de l'autre la famille maître de son enfant… Et il faut réussir à se parler sans se braquer. Tout un art. Il arrive que l'on se rejoigne un peu, mais aussi que le conflit s'éternise. C'est dommageable pour l'enfant placé au centre du débat : comment ne trahir personne ? J'ai appris à me contrôler, à enfouir ma colère et mes jugements de valeur, à dissimuler mon mépris, plus rare. Je suppose qu'il en est de même dans le camp d'en face ! Comment approuver un père qui réclame un changement de place car la voisine de son fils « le tire vers le bas » ? Quelle attitude adopter quand une mère menace de débarquer dans la classe à l'improviste pour contrôler le comportement de certains enfants étiquetés chahuteurs « puisque l'école ne fait rien » ? Comment ne pas claquer la porte au nez de ceux qui exigent un enseignant « plus performant » ? Être professionnel, c'est aussi décrypter les raisons profondes de ces revendications farfelues brandies avec force… Parfois, la diplomatie me fait défaut, alors Marina vient à mon secours et l'issue est régulièrement positive.

Tout enseignant a vécu un jour un rendez-vous folklorique qui fait le bonheur de la salle des profs, quelques anecdotes croustillantes, mais sans conséquence, à raconter à ses collègues.

La relation entre les parents et les instits a considérablement évolué en trois décennies. Les premiers ont pénétré dans le sanctuaire et se mêlent tout à la fois de pédagogie et de discipline. Rien ne leur échappe : trop de devoirs ou pas assez, notes contestées, critiques des sanctions, avis sur tel ou tel niveau d'apprentissage. Le tout sur un fond d'angoisse face à l'avenir, angoisse alimentée par des médias peu soucieux de finesse. 15 % des élèves sont en échec à l'entrée de la sixième… Les politiques et les pédagogues doivent effectivement s'en alarmer et traiter ses multiples causes. Mais évoquer aussi les 85 % qui s'en sortent rassurerait les parents… Les enseignants, eux, questionnent la sphère privée : horaire du coucher, alimentation, temps consacré aux écrans, relations dans les fratries, etc.

Ce nouveau rapport entre adultes, même s'il doit encore trouver son équilibre, s'avère plus complexe pour l'enfant mais plus efficace. La cohérence des adultes aura de réelles vertus éducatives. Même si cela doit passer par des rencontres houleuses. Mais, en général, tous visent un point commun : le bien-être de l'enfant à l'école. Il faudrait rappeler ce postulat à chaque fois.

Les parents de Clara rentrent-ils chez eux avec cette conviction ? Je le souhaite vraiment.

Monde du vivant

Travail par groupes de quatre : la croissance, de la taille du bébé à celle de l'adulte.

Sarah pleurniche.

— Que se passe-t-il ici ? Sarah, pourquoi pleures-tu ?

— C'est Manon… elle a dit que je vais mourir…

— Hé !… ça va pas Manon de dire des choses pareilles ?

— Ben quoi… c'est vrai, non ?

— Ah c'est malin ça ! C'est dans tellement longtemps que c'est pas la peine d'en parler là !

Manon, dos calé contre le dossier de sa chaise, lève les avant-bras d'un air innocent :

— Ah mais j'ai pas dit quand !

11

Objectif Terre

En ce début d'après-midi, comme souvent, la fatigue des enfants est perceptible : bâillements, yeux dans le vague, tête posée sur leurs avant-bras, tenue affalée. Ils viennent de passer plus d'une heure dans le brouhaha de la cantine et l'agitation de la cour de récréation, alors impossible de leur proposer une activité intellectuelle intense. Je leur lis une histoire, les aventures d'un cosmonaute perdu sur la Lune et qui regarde la planète Terre, de loin, en se demandant comment il pourrait bien la rejoindre. Un texte choisi avec une secrète finalité… En géographie, une leçon m'enchante particulièrement : celle qui permet de sortir de l'armoire le globe terrestre.

Une fois la lecture terminée, les enfants sont mieux disposés et prêts pour la suite.

En CE1, les apprentissages géographiques relèvent de la «découverte du monde». Pour des enfants de huit ans, l'étude de l'espace qui nous entoure se limite d'abord à l'environnement familier : la maquette de la classe, le plan de l'école, l'aménagement du quartier, voire le plan de la ville. Au-delà, la connaissance s'appuie sur une maîtrise aléatoire des espaces réels. Mais peu importe… Comme chaque année, mes élèves et moi explorons aujourd'hui la planète Terre !

Tout d'abord, créer un certain suspense… Debout au milieu de la classe, je laisse planer le silence, puis ma question les surprend :

— Où sommes-nous ?

Ils se regardent, trouvent la question un peu louche… Lucie ose :

— Dans la classe…

— Oui, Lucie. Et aussi, où sommes-nous ?

D'un ton interrogateur, Louis prend le relais :

— Euh… À l'école ?

— Parfait, Louis. Et encore, où sommes-nous ?

Premiers rires, ça y est, ils se piquent au jeu. De l'école nous passons à Paris, puis en France, en Europe pour les plus avertis, enfin Sophie aura le dernier mot :

— Dans le monde !

Voilà. On y est. Un échange nourri conduit à l'évidence : nous sommes tous sur la planète Terre. Le mot planète est pour certains un peu magique, plus lié à un monde fantastique qu'à une réalité géographique. Pour d'autres (plutôt les garçons, je ne sais pas pourquoi), c'est un sujet scientifique passionnant. Arthus m'informe d'ailleurs qu'il a chez lui toute une documentation sur la Terre dont il veut bien faire profiter les autres. Parfait…

Je les invite à rejoindre le vestiaire attenant à la classe pour regarder ensemble un document vidéo sur notre planète. En quelques minutes mes spectateurs sont assis en tailleur, tournés vers l'écran. Arthus boude car Jonas lui a pris sa place, Samia organise son voisinage à grand renfort de « Toi oui, toi non », ce qui lui vaudra un emplacement désigné d'office ! Lâam attend, debout, puis se fraie doucement un chemin, sa silhouette gracile et ses mouvements délicats lui donnant un air d'oisillon tombé du nid. Arrivé devant, il se laisse choir avec lenteur, comme une plume.

— Vous allez voir un film sur notre planète Terre. Il ne dure pas longtemps, mais il explique beaucoup de choses. Écoutez bien, vous aurez ensuite un travail à faire en classe. Des questions ?

Aucune. Ils sont pressés de commencer ! Le DVD déjà dans le lecteur, je lance ce document pédagogique commandé cette année auprès d'un éditeur averti. La Terre apparaît en 3D avec un double mouvement de rotation magnifiquement animé, sur fond sonore agréable, accompagné d'un commentaire très accessible aux enfants. Océans, continents, nuages, pôles… En quelques minutes, mes élèves sont dans le vif du sujet et emmagasinent une foule d'informations. Ils sont tout ouïe, absorbés par les images et le son. Générique de fin.

— C'était trop génial !

— Ouais, on la voyait bien !

Comme convenu ils rejoignent la classe, commentant leurs nouvelles connaissances à bâtons rompus.

— Grâce à ce reportage vous avez appris des choses. Vous allez maintenant observer ce document et le compléter.

De mon bureau j'extirpe les vingt-huit photos satellites de la Terre, photocopies couleur rapportées la veille par mon compagnon régulièrement mis à contribution…

Arthus, très fier, agite son document comme un drapeau :

— Hé ! regardez ! C'est une photo de la Terre !

— Ouah…, s'extasie Clara.

Nous lisons ensemble les mots écrits dans des étiquettes en bas du document : océan, continent, pôle, nuage. Ils doivent les découper et les coller sur leur photo au bon emplacement. Je les laisse discuter librement entre eux sur les possibilités : chaque étiquette peut être collée à plusieurs endroits, ce qui les amène à repérer eux-mêmes les différents continents, océans, pôles. Les avis vont bon train, je me déplace sans trop intervenir, m'asseyant parfois discrètement entre eux. Ils s'échangent colle et ciseaux, Éléonore scrute les pointillés pour découper au plus juste, Samia y va sans états d'âme, entamant grossièrement le lot d'étiquettes. De leurs échanges naissent des questions intéressantes que je note au vol. Certains en savent déjà beaucoup, quand d'autres ignorent jusqu'au mot continent.

La fin de la séance approche. Le moment est venu de synthétiser par écrit ce que nous avons appris. Craie à la main, je note leurs suggestions au tableau, ajoute leurs précisions, efface un mot pour en mettre un autre jugé plus juste par les enfants. C'est à eux de construire un résumé, ils le savent maintenant et y arrivent plutôt bien. Une fois le petit texte de deux lignes élaboré, ils le copient dans leur cahier « découverte du monde », en face de la photo satellite déjà collée.

La semaine suivante, dès l'ouverture du cahier, le rappel de la séance est aisé et nous poursuivons avec un objet mythique : le globe terrestre… J'éprouve encore aujourd'hui le même plaisir qu'à huit ans, lorsque j'allumais mon globe lumineux dans le noir de ma chambre et contemplais à l'infini les continents plus ou moins proches, les océans tous reliés entre eux, les petites mers intérieures…

— Comment s'appelle cet objet ?

— Un globe terrestre ! J'en ai un chez moi !

— Alors viens, Félix. Explique-nous ce que tu sais.

Un peu rougissant, sous l'œil envieux de quelques camarades, Félix se dirige vers le haut tabouret sur lequel repose le globe. Éclipsée en fond de classe, d'un sourire je lui fais signe de s'exprimer. Il hésite, se dandinant dans son pantalon trop large, puis se lance :

— Un globe terrestre c'est la Terre mais… un peu comme en maquette. On peut le faire tourner… Et comme ça tourne, eh ben on peut voir tous les continents, et des pays aussi. Là… (il lève le globe avec lenteur comme s'il portait une pile d'assiettes en porcelaine) en petit… c'est la France.

D'un regard il me signifie que c'est tout.

— Merci, Félix, c'était tout à fait juste. Qui peut apporter d'autres informations ?

Plusieurs enfants se succéderont pour formuler des observations ou glisser une précision ; parfois, je le devine, juste pour le plaisir de toucher le globe ! Se déplacer devant toute la classe, prendre la parole en regardant les autres, ne pas redire la même chose, trouver les bons mots, tout un ensemble d'actes prisés par les enfants malgré l'effort que cela représente. Un véritable apprentissage ! Émergeront un peu plus tard les mots équateur et hémisphère de la bouche de Louis, déjà cultivé sur la question. Nous enrichissons alors notre résumé, même si ces notions un peu théoriques ne peuvent être assimilées qu'à hauteur d'enfant…

Pour permettre à chacun de manipuler cet objet attrayant, je distribue des photos de la Terre prises sous différents angles. Par deux, ils doivent alors faire tourner le globe afin de débusquer la vue représentée. Chaque binôme me rejoint à la table carrée sur laquelle je l'ai posé. Quand vient le tour d'Arthus et Hugo, les deux compères s'installent, goguenards.

— On tourne ensemble, OK ?

— OK. Go !

Arthus scrute tour à tour la photo et le globe. Hugo le laisse faire mais observe avec sérieux. Soudain Arthus bloque la sphère d'une main, l'autre pointant le cap de l'Afrique du Sud et l'île de Madagascar.

— Yes !

Penchées, les deux têtes bouclées se touchent presque, nez collé à l'endroit indiqué. Hugo, en inspecteur tatillon, vérifie en plaquant l'image à même la surface du globe.

— Ouais, t'as raison ! On a gagné !

Avec délectation je regarde mon Arthus si fier, et adresse à Hugo un clin d'œil approbateur… L'amitié naissante entre ces deux garçons est un véritable renfort pour moi dans mon cheminement avec Arthus.

La séance suivante nous amène au planisphère… Là encore la technologie va me faciliter la vie. Enseigner en 2012, c'est avoir à portée de main une palette de moyens modernes pour atteindre mes objectifs pédagogiques. Comment faisaient les maîtres d'avant ? Et même à mes débuts de carrière… ?

Les enseignants d'alors usaient d'images grand format chinées maintenant dans les brocantes, et détournaient avec ingéniosité un arsenal d'objets du quotidien. M. Delpy, mon ancien maître, m'avait ainsi émerveillée quand, trente ans avant moi, il nous avait initiés au planisphère. À la surface d'une orange particulièrement volumineuse, il avait tracé au feutre noir le contour des continents, puis il avait délicatement épluché le fruit en une seule écorce qu'il avait aplatie sous nos yeux interloqués… Nous avions tous compris ce jour-là !

Aujourd'hui des technologies surprenantes se mettent au service de l'enseignement. Mais il faut, cette fois, réussir à les utiliser… En effet, débutante dans les années quatre-vingt-dix, j'ai vu arriver comme beaucoup d'entre nous des ordinateurs dans les classes. Hélas, l'école a raté le virage informatique faute d'accompagnement. Qui est venu former les enseignants ? Qui a suivi l'utilisation de ce nouvel instrument avec les élèves ? Pas grand monde à l'époque… Dommage. Aujourd'hui se dessine une ère nouvelle : tableaux blancs interactifs, vidéoprojecteurs intégrés, tablettes tactiles, réseaux wi-fi, autant de merveilles dont il faut se saisir intelligemment pour que nos élèves comprennent et apprennent le mieux possible. Désir intemporel de tout professeur… Alors je rêve d'un véritable appui, pour que tout cela ne reste pas qu'un investissement matériel, mais bien des outils au service de nos leçons de mathématiques, nos séquences de grammaire, nos séances de géographie…

De retour chez moi, devant mon ordinateur, je prépare ma prochaine leçon de découverte du monde : faire comprendre aux élèves pourquoi et comment passer du globe terrestre au planisphère. En quelques clics, je trouve une courte animation vidéo reconstituant les étapes de cette représentation aplatie et déformée, puis je crée un diaporama riche en images de planisphères anciens et de cartes du monde centrées sur divers continents. Le tout est téléchargé sur ma clé USB, en vue d'une projection sur l'écran blanc de la classe que je déroulerai en arrivant. Un jeu d'enfant… Quelques lignes dans mon cahier de préparation pour prévoir le déroulement chronologique de la séance, et je peux fermer ma sacoche.

Seulement voilà, le lendemain, panne d'électricité au premier étage de Saint-Exupéry… Le vidéoprojecteur reste de marbre, mon ordinateur n'a plus de batterie. Zut ! Comment faire ? Les enfants sont dépités, Arthus boude, Félix profite de la pénombre pour embêter sa voisine, Sophie et Léa commencent à bavarder. Alors, bien malgré lui, M. Delpy va me dépanner… Je file à la cantine en catastrophe y dérober une grosse orange.

Calcul

Problèmes de mathématiques. Soustraire un nombre de billes pour obtenir ce qui reste à la fin d'une partie.
Lorranie pose sa feuille sur mon bureau et, sourcils froncés, me glisse à l'oreille :
— Y a un truc là… J'me souviens plus… Enfin, je suis pas sûre.
— Ben… si tu perds des billes, tu fais quoi comme opération ?
— Justement je sais plus comment ça s'appelle : c'est l'addition de quand on enlève…

12

Je serai prof, tu seras prof, il sera prof…

Dans son bureau, quelques minutes avant l'entrée matinale des enfants dans la cour, Marina me présente mon stagiaire : Jérôme, vingt-trois ans et un sourire engageant. Rappel du cadre du stage et questions afférentes, puis la directrice s'éclipse. Pendant deux semaines Jérôme sera en CE1, d'abord « en observation » puis « en respon-sabilité ». Son air sérieux tranche avec une allure décontractée, polo noir sur jean un peu lâche, veste kaki genre stock américain, cheveux châtains un peu désordonnés.

Étudiant en master de géographie, il veut devenir professeur des écoles, sûr de son choix, même si, pour l'heure, son expérience du monde scolaire se limite à ses souvenirs d'élève… Titulaire d'un Bafa, il a déjà côtoyé des enfants en tant qu'animateur de colonie de vacances. C'est déjà ça… En chemin vers la classe, nous croisons Maud qui s'efforce d'être aimable. Toutefois, son air pincé ne m'échappe pas car, initialement, elle devait accueillir Jérôme dans sa classe. Mais celui-ci prépare un mémoire de master s'appuyant sur des observations d'enfants de six à huit ans, CP ou CE1. Il sera donc dans la mienne.

Sur le seuil, je chasse un léger sentiment d'intrusion, peu habituée à partager ce lieu avec un autre adulte. Dans un premier temps, peu disert, il observe. Je lui tends la liste des enfants, l'informe qu'il est préférable de ne pas en savoir trop sur les élèves, pour le laisser découvrir la réalité de ce CE1. Je songe à Arthus qui, à l'annonce de l'arrivée d'un «étudiant professeur qui est intéressé de voir comment on travaille parce qu'il veut faire ce métier», a froncé les sourcils… Au moment où je m'apprête à interroger Jérôme sur ses motivations, la cloche m'ordonne de descendre. Je le laisse, nez levé vers les affichages : règles de grammaire, suite des nombres, schémas de circuits électriques tracés par des mains malhabiles… Dans l'escalier qui nous mène au vestiaire, les élèves m'interpellent, curieux : «Alors, il est là le monsieur ?», «Il fait peur ?» D'un regard énigmatique, je fais durer le suspense. Une troupe rigolarde se bouscule dans l'entrebâillement de la porte, cartable au dos et bonnet sur la tête :

— Bonjour, monsieur ! Vous vous appelez comment ?

— Vous avez quel âge ?

— Vous allez rester longtemps ?

Hésitant, le jeune homme leur adresse juste un signe de la main avant de s'asseoir. Je dissipe le brouhaha en annonçant la classe « dans trente secondes ! ». Tout le monde file droit : accrochage des manteaux, rangement des cases, etc.

— Voilà, je vous présente Jérôme. Il est stagiaire dans notre classe. Parfois il regardera comment on travaille, parfois il sera votre maître.

Je change de ton pour m'adresser à lui :

— Tu veux ajouter quelque chose ?

Jérôme se lève, sourit et, d'une voix un peu hésitante, adresse un rapide bonjour à son jeune auditoire en l'assurant de son intérêt d'être là. Quelques-uns lui rendent son sourire. La journée peut commencer.

Très vite, je me sens un peu différente, comme si je voulais éviter tout faux pas ou en faire un peu plus qu'à l'ordinaire. Je voudrais le conforter dans son choix, alors je sélectionne les moments les plus intéressants pour un jeune prof. Tout au long de cette première semaine, je préparerai mes cours avec une orientation inhabituelle, attentive à mettre en scène des apprentissages complexes, regorgeant de pièges pédagogiques à éviter, de détours à prévoir, d'adaptations à anticiper. Ainsi, je modifie ma programmation pour aborder devant lui une séance de géométrie sur les angles. Puis, à partir d'un document vidéo, j'organise un travail collectif en géographie sur le thème de la montagne en été, la montagne en hiver.

Toute la journée, notre stagiaire se montre concentré, tantôt penché en silence au-dessus d'une épaule, tantôt chuchotant un mot, un conseil à l'oreille d'un élève. Évidemment, tous espèrent capter son attention, excepté Arthus qui, d'un air renfrogné, cache son cahier de son avant-bras à son approche. Le premier jour, Jérôme va rester effacé, demeurant en classe pendant la récréation et déjeunant à l'extérieur. Je lui ai délivré en accéléré une foule d'informations sur l'école, son personnel et son fonctionnement. À 16 h 30 il est parti très vite. Plus tard, il me confiera s'être endormi ce jour-là tout habillé et alors qu'il faisait encore jour…

Seule dans ma classe, assise à même le sol au milieu de cubes emboîtables, de géoplans faits main, de tables de Pythagore en puzzle, je me revois vingt ans plus tôt… issue d'une génération d'instits bien formés. Pendant deux ans, on m'a vraiment appris ce métier. Un réel privilège au regard des réalités d'aujourd'hui. À l'époque, on y accédait par le concours des écoles normales, condamné à terme. J'avais opéré ce choix après trois années à l'université, le temps de mûrir mon orientation. Ma promotion comptait quarante-deux futurs enseignants appelés à une vraie transformation. Il fallait bien deux années pour passer de l'école « vue des bancs » à celle, toute professionnelle, « vue de l'estrade ». Des journées entières à réfléchir sur les fondements de l'orthographe, la méthode la plus adéquate pour former de bons lecteurs, le cheminement indispensable à la mise en place des procédures de calcul, la découverte de la démarche scientifique. On travaillait en groupe, à construire patiemment des séquences de maths ou de géographie, négociant jusqu'au moindre mot l'objectif pédagogique à atteindre. Nous avions le temps… Nos formateurs nous encadraient parfaitement, faisant naître en nous les bonnes questions, nous postant face à nos contradictions ou soulignant nos prises de position intéressantes. Ils animaient aussi des débats sur des sujets de fond : la responsabilité éthique de ce métier, enseigner et éduquer, pourquoi évaluer… Il arrivait que certains d'entre nous renoncent, comprenant lors des stages qu'ils s'étaient fourvoyés. Mais tous les autres goûtaient ce travail d'orfèvre, jubilatoire, poussé à l'extrême.

À la sortie, j'ai occupé un premier poste dans une classe maternelle de vingt-huit élèves, dans le Val-d'Oise. Bien préparée, j'ai commencé avec confiance. J'ai commis une foule d'erreurs que j'étais cependant capable d'analyser. J'étais armée pour modifier mes scénarios et améliorer ma pratique de classe. Aujourd'hui, j'enrage devant le désarroi des jeunes profs sans formation efficace, victimes d'une grossière imposture. À croire qu'ils arrivent là sur un malentendu. On ne leur apprend plus à enseigner. On leur demande de bachoter un concours aux exigences très éloignées de la réalité du terrain, quand nous, nous étions soulagés de ce stress contre-productif puisque le concours, nous l'avions déjà ! Il y avait à l'époque une logique, perdue depuis, mais, espérons-le, bientôt retrouvée avec l'ouverture d'une nouvelle génération d'école de professeurs.

Pour Jérôme, ces deux semaines de stage constitueront sa seule expérience réelle. Puisse ce bref vécu l'aider à se sentir enseignant. Peu à peu, je le vois gagner de l'aisance, prendre ses repères avec moi, les enfants et nos collègues avec qui il n'hésite pas à échanger en salle des profs. Nous travaillons ensemble sur des points didactiques précis qui lui font défaut. Je lui dévoile les difficultés insoupçonnables nichées au sein d'apprentissages en apparence anodins.

Le lundi suivant, le jeune homme se lance. En ma présence, il doit aborder un nouvel apprentissage : l'ordre alphabétique. Succès garanti car les enfants adorent chercher des mots dans le dictionnaire, ce gros livre apporté par chacun en début d'année qui les intrigue et n'a guère encore servi. Si ce n'est pour écarquiller discrètement les yeux devant la planche anatomique de la page 192… Nous avons évoqué cette notion de classement alphabétique en listant les étapes d'apprentissage jalonnées d'obstacles, qu'il faudra ensuite évaluer. Il m'a montré la préparation écrite de sa séance. L'ensemble me paraît cohérent avec une caractéristique propre aux stagiaires : c'est dix fois trop long. Pour délivrer tout ça, il faudrait deux heures. Or, il n'aura que quarante minutes. Je l'épaule de quelques conseils tout en souhaitant qu'il élabore son propre scénario. Bien sûr, il aimerait réussir du premier coup mais la véritable formation se fera par la lecture critique de sa séance, après coup. Là, on pourra débusquer les maladresses et les corriger.

Attentif face aux élèves, j'ignore ce qu'il ressent. Sa fiche de préparation à la main, il leur annonce qu'ils vont apprendre quelque chose de nouveau. Bon début. Apprendre, ils aiment ça !

Tout d'abord, il distribue à chacun une liste de noms d'animaux, tous plus ou moins connus, de chat à ornithorynque, en passant par phacochère… Justine et Samia rient sous cape en déchiffrant la liste, Sophie lève déjà le doigt, sourcils froncés, et Lâam attend. Jérôme a d'abord prévu de leur demander un rangement dans l'ordre, sans plus de précisions. Ensuite, il compte les surprendre en sollicitant un autre ordre qu'ils ne connaissent pas. Bonne idée, mais le piège va vite se refermer sur lui. Les enfants sont convaincus que les animaux doivent être rangés par taille. À part Mathéo qui invente un critère scientifique opaque et Samia qui les classe par préférence personnelle… Mais les animaux inconnus font office de gêneurs, et ils sont nombreux… Assailli de questions qui l'éloignent de son objectif, Jérôme ne sait plus comment rattraper sa séance. Lucie s'impatiente et commence à dessiner sur le bord de la feuille, Arthus s'agite sur sa chaise… Après un regard dans ma direction, il devine qu'il va devoir s'en sortir seul. Lui vient alors une idée. Une bonne idée : il a perdu du temps, alors il va en gagner. Sur le tableau, il représente un train avec dix wagons contenant chacun un animal. J'admire son talent. Moi, quand je dessine une poule, les enfants voient un écureuil…

J'attends la suite, dubitative. Partir de l'image alors que le classement doit s'établir à partir des mots… Où veut-il en venir ? Indifférent au brouhaha, Jérôme tire son fil conducteur.

— Les animaux sont montés dans le train « en ordre ». À vous de trouver pourquoi ils ont choisi tel ou tel wagon. Mais avant, vous allez me dicter le nom de chaque animal. Je vais l'écrire sur une pancarte.

La craie trace un espace minuscule au-dessus de chaque wagon. Tout ouïe, je me prends au jeu en constatant que rien de tout cela n'est prévu sur sa fiche de préparation. Il improvise et prend des risques. Belle qualité pour un enseignant. Clara intervient :

— Mais c'est trop petit pour écrire ! Dans le premier wagon c'est une autruche, on peut pas écrire autruche en entier dans le carré !

Jérôme jubile et me lance un air entendu. Il s'approche de l'enfant :

— Alors qu'est-ce que je peux inscrire sur cette petite étiquette pour que l'autruche la reconnaisse quand même.

— …

— Qu'utilise-t-on pour marquer certaines affaires qui nous appartiennent sans noter notre nom en entier ?

Éléonore se dresse d'un bond :

— Nos initiales !

Bingo ! Il les a ramenés vers l'écrit, et guidés vers la première lettre du mot. Pour un peu, je serais jalouse de son ingéniosité. Malgré une certaine agitation, l'ordre alphabétique s'impose : le A de autruche, le B de baleine, le C de cheval… Les enfants se délectent de ce nouvel éclairage qui leur donne la clé du classement requis. Même Arthus s'en mêle. Et, comme prévu, la cloche interrompt Jérôme en pleine séance ! Je compense son dépit par un signe de félicitation qui le ragaillardit. Il reprendra le fil plus tard.

Jérôme sera un bon enseignant, c'est sûr. En dépit de quelques maladresses (un peu de difficulté à garder l'attention du groupe, à s'adapter aux élèves en difficulté, à bien équilibrer oral et écrit), il a une qualité principale : le sens de la mise en scène qui favorise l'apprentissage.

En salle des profs, Anna se montre avide de ses confidences. Il relate sa matinée avec simplicité, sa déstabilisation, puis son idée de détour pédagogique, et l'aboutissement ressenti avec soulagement… Enfin, son regret d'avoir laissé sa démonstration en cours. Chantal intervient, regard apitoyé et ton compatissant :

— Tu verras. Petit à petit tu te rendras compte que tout ça c'est des trucs de formateurs post-soixante-huitards. L'ordre alphabétique c'est pas la peine d'en faire un fromage. Tu leur dis comment ça marche, ça prend cinq minutes, et hop, ils le savent et tu passes à autre chose. Te bile pas avec tout ce remue-ménage inutile, c'est pas la peine, juste de la perte de temps.

Un rictus clôt ce brillant exposé. Jérôme, muet, doit sentir mon exaspération, mais je n'interviens pas. Chantal est un cas désespéré. Elle ne comprendra donc jamais que ce cheminement intellectuel ancre les apprentissages et favorise leur usage libre et savant. Elle ne saisira jamais qu'en pédagogie, prendre le temps d'agir, ce n'est pas en perdre mais en gagner.

Vendredi, 17 heures. Jérôme a terminé son stage, satisfait mais frustré. Sa formation est bien là, puisée dans cette expérience vite acquise et analysée.

Il possède suffisamment de matière pour rédiger un bon rapport de stage, mais toute son énergie va se dissiper dans la préparation du concours. Quel dommage ! Il s'est approprié quelques ficelles du métier mais le lien est encore fragile. Il lui manque un accompagnement pour se persuader qu'il est sur le bon chemin et pour que ses intuitions deviennent convictions. Je n'imagine pas qu'il se laisse entraîner sur la voie indiquée par Chantal. C'est le risque de sa trop courte expérience : céder à une apparente facilité.

Au moment de lui remettre son évaluation de stage, résumant ses qualités pédagogiques et ses besoins de formation, je l'encourage et cherche le mot de la fin. Et c'est Arthus qui, bien malgré lui, va me le fournir. Remonté en quatrième vitesse pour récupérer un cahier oublié, il plante son regard dans celui de Jérôme.

— C'était bien la classe avec vous.

— Ah ! merci. Pourquoi ?

— Ben… c'était comme une surprise.

Voilà c'est ça… Faire de l'apprentissage une pochette-surprise…

Orthographe

Interrogation orale : le pluriel en X des noms se terminant par OU.
Lucie :
— Hibou, caillou, joujou… Euh…
César :
— Y avait pou aussi ! Et bijou, et genou et… Ah ! c'est quoi déjà ?
Édouard s'agite sur sa chaise et pointe son doigt sur son torse dans l'espoir d'être interrogé. Pour une fois…
— À toi, Édouard. Je t'écoute.
— C'est… c'est… Oh non, je l'savais tout à l'heure ! Ça se mange même ! un… un…
Et tout à coup, dressé :
— Brocoli !

13

Planète Maternelle

Au cours de la quinzaine de Jérôme, Marina m'appela un soir.

— Désolée de te déranger un mercredi soir mais je suis dans la panade…

— Qu'est-ce qui se passe ?

— C'est pour la maternelle. Éliane a une grippe carabinée et ne pourra pas prendre sa classe demain. Et moi je suis en réunion toute la matinée… Alors je me demandais, comme tu as un stagiaire en CE1…

— Tu voudrais que je prenne les moyenne section demain matin, c'est ça ?

— Ben oui…

— À vos risques et périls, madame la directrice ! Je n'ai pas enseigné en maternelle depuis quinze ans !

Me voilà amusée à l'idée de passer une matinée aux côtés de vingt-cinq loustics de quatre ans, mais déstabilisée par cette tâche inhabituelle. En début de soirée, Éliane, consciencieuse, m'envoie par mail le programme de la journée. En maternelle depuis plus de dix ans, elle défend ardemment cette entrée en scolarité revendiquée comme une école à part entière. La première d'un long parcours.

Dès 8 heures dans la classe, je dois organiser la demi-heure d'accueil des arrivants autour de quatre petites tables octogonales dévolues chacune à une occupation précise. Naturellement, les enfants se dirigeront vers leur activité favorite. Bon… je me lance à la recherche de Géraldine, l'Asem, l'agent de service des écoles maternelles, autrement dit « la dame qui aide » qui, à cette heure-là, est occupée avec la section des trois ans. Un doudou dans une main, une tétine dans l'autre, elle traverse la classe au pas de charge en me désignant l'étagère où sont rangés dominos, cubes et autres jeux. Je m'empare de deux grosses boîtes de feutres et d'un paquet de feuilles : coin dessin. Et de un ! J'attrape un lot de puzzles en bois huit pièces. Et de deux ! Mais Maxence, quatre ans, m'interrompt dans ma tâche, accompagné de son père, casque de motard à la main, visiblement pressé : « Bonjour Éliane (je laisse tomber…), bisous mon garçon, à ce soir. » Aussitôt envolé ! Maxence, lui, a bien vu que je ne suis pas Éliane. Il m'observe, encore emmitouflé dans sa doudoune rouge. Une cagoule d'où s'échappent quelques cheveux roux forme un ovale parfait sur sa petite bouille parsemée de taches de rousseur. Je m'approche pour lui expliquer que sa maîtresse est malade et que… Zut, il se carapate ! Lancée à sa poursuite, je laisse ma table numéro trois en plan. Mais ça court vite un enfant de quatre ans ! Heureusement, il tombe littéralement dans les bras de Géraldine toujours à l'affût d'un doudou égaré. Elle ramène mon fugueur en classe après l'avoir aidé à se déshabiller. Sans un regard pour moi, il file au coin garage, où l'attend toute une flotte de véhicules. Sa tête dépasse de la petite cloison, les cheveux encore tout électriques après le retrait rapide de la cagoule. Bruitages de moteur, cliquetis de jouets… C'est bon, Maxence est occupé. Trop tard pour m'atteler à la préparation d'autres tables : des Maxence, il faut maintenant en accueillir vingt !

J'improvise une affiche rédigée au feutre rouge et scotchée sur la porte du vestiaire, bien en vue : « Chers parents, Éliane est malade. Je la remplace pour la matinée. Merci d'informer vos enfants en les déposant. Dominique. » Deux mères discutent déjà tandis que les fillettes accrochent leur manteau à la patère, identifiable à l'étiquette-prénom collée juste au-dessus. Elles s'inquiètent du sort d'Éliane et, avec leurs mots de maman, informent Juliette et Lison. Les deux petites entrent d'un pas lent en me dévisageant de côté, puis elles s'attablent pour dessiner comme à l'ordinaire. Ouf…

Je prépare la phrase répétée jusqu'au dernier arrivé :

— Bonjour, je m'appelle Dominique. Vous m'avez déjà vue dans la cour… Je connais bien Éliane et aujourd'hui elle veut que je m'occupe de vous car elle est malade.

Ne pas ajouter « d'accord ? », on ne sait jamais…

— J'ai préparé des jeux, vous pouvez vous en servir en attendant que les autres soient là.

Jusqu'à 9 heures je dois rester sur le seuil de la classe, lieu paradoxal de la rupture et de la continuité. L'enfant de la famille va à l'école, pour devenir l'élève de l'école qui a une famille. Moment sensible, vulnérable. Éviter la violence, la trahison. Favoriser le passage harmonieux d'un monde à un autre dans la sérénité et la confiance. Mais, dans le feu de l'action, pour moi qui n'ai plus l'habitude, ces mots sont bien théoriques… Justin s'agrippe tel un koala au costume de son papa, et hurle en mêlant larmes, bave et morve. Le père tente de protéger le pli de son pantalon déjà bien amoché et me lance des regards désespérés, entrecoupés de « Je vais être en retard, mon bonhomme », « Bon, allez, tu y vas maintenant », « Viens, je t'accompagne ». Chacune de mes tentatives provoque une poussée de décibels… Face à face, le papa et moi sommes bien désarmés. Plus loin, Élias boude et, mains dans les poches, refuse d'enlever son manteau.

Sous ses boucles brunes, deux petits yeux noirs me fixent, adoucis par un visage joufflu. On dirait un angelot courroucé. Je le laisse, hiérarchisant les problèmes. La mère de Laura revient dix fois sur ses pas pour un dernier bisou à sa fille qui l'ignore superbement et, cette fois, c'est à l'adulte qu'il faut faire comprendre la nécessité de s'éloigner. Pour un peu, il faudrait consoler la mère : « Ça va vite passer la journée, vous verrez, vous retrouverez votre fille bientôt, et vous lui raconterez tout ce que vous avez fait ! » Tout mon petit monde étant accueilli, je peux refermer diplomatiquement la porte sur elle.

Les enfants sont désormais à l'aise dans cet univers familier. Justin, le nez dans son doudou, renifle et respire encore par saccades mais son chagrin s'éloigne petit à petit. Surtout ne pas le brusquer. Le laisser se détacher… Certains jouent, d'autres sont spectateurs, un petit groupe de filles s'échange des bébés dans le coin poupée, tandis que Maxence s'impose chef garagiste auprès de trois intrus. En les observant, je constate qu'il existe une véritable mode enfantine. On devine le soin des mamans à choisir telle ou telle tenue, à assortir un collant à un pull, une barrette au coloris d'une robe. C'est drôle… Un petit tapotement sur ma jambe m'informe qu'Antoine a quelque chose de sérieux à me dire :

— Aujourd'hui c'est Mamie Simone qui vient me chercher.

— Ah ! c'est bien ça, tu as l'air content !

— Ben oui, c'est Mamie Simone qui vient me chercher

— Ah… Oui… Tu aimes bien aller chez ta mamie ?

— Oui, c'est Mamie Simone. Elle vient me chercher.

Alors là, j'ai… comment dire… comme un grand moment de solitude. Je sens qu'aujourd'hui je ne vais pas avoir toutes les clés… D'un sourire, je règle la question en m'éloignant, attirée par une agitation grandissante derrière la bibliothèque. Léo et Élias ont engagé un combat de coqs. En jeu : le beau livre d'où jaillissent des dinosaures en relief. Un des garçons attrapé par la manche, l'autre gentiment repoussé, je profite de l'attroupement pour annoncer un regroupement sur le tapis. Les classes maternelles ont de véritables plans d'occupation des sols, chaque mètre carré étant réservé à telle ou telle activité. Le tapis, c'est l'endroit de la palabre. Je reconnais là le sens de l'organisation d'Éliane : chacun a une place attitrée, sur l'un des petits bancs qui encerclent le lieu, ou assis en tailleur devant moi. Miracle, ils sont tous là, en attente de la suite. Je les dévisage et leur explique :

— Je m'appelle Dominique et…

— Comme mon tonton !

— Comme ma maman…

J'allais poursuivre mais… boum… un coup de Valentine sur la cuisse de Justin, qui se remet à couiner.

— Non, c'est pas toi.

— Si, arrête !

Une alarme se déclenche en moi. Changement de ton !

— Ah non ! On ne peut pas parler comme ça quand on veut ! Ça empêche de s'écouter. Je vais vous dire pourquoi je suis là et ensuite, comme d'habitude avec Éliane, il y aura les ateliers.

Silence. Je dois faire court…

— Votre maîtresse est malade mais elle reviendra bientôt. Ce matin c'est moi qui vais m'occuper de vous et je suis bien contente de vous connaître. Je sais que vous avez appris une chanson qui raconte l'histoire d'un ours blanc. On va la chanter tous ensemble pour bien commencer la journée.

Génial, j'ai pu finir ma phrase…

— Alors, qui se souvient du début de cette chanson ?

Lison lève le doigt :

— Qu'est-ce qu'elle a Éliane comme maladie ?

Soupir…

— Une grippe pas grave. Alors cette chanson ?

Juliette :

— Moi aussi mon papi il a eu une gritte A !

Mais c'est pas vrai !

— Bon, écoutez, on ne va plus parler de maladie ! On va chanter ! Allez : « Un petit ours blanc, perdu sur la banquise, cherchait sa maman, tout seul dans la bise… »

Les petites voix se lancent. Enfin, je sens mon groupe constitué. Soulagement… Je fredonne avec eux mais, en même temps, je réfléchis à toute vitesse : j'ai peu de temps pour m'adapter à ce petit monde, ses codes, son langage, ses réactions, sa manière d'apprendre… Et lui laisser la parole !

Je m'accroche au programme prévu par Éliane comme à une bouée de sauvetage. Elle travaille en ce moment sur les différentes habitations de par le monde. Ainsi les petits de moyenne section découvrent grâce à leurs livres illustrés les igloos des Inuits, les cases africaines, les yourtes mongoles, les tentes bédouines… Éliane s'applique à ouvrir les horizons de ces petits êtres de quatre ou cinq ans dont l'univers se limite encore à leur famille. Elle suggère avec patience et finesse l'existence d'autres espaces méritant d'être explorés.

Au-delà de ces découvertes se joue un apprentissage précis : composer un mot par assemblage de lettres mobiles en se référant à un modèle et donc à son orthographe (oui, même à quatre ans). Puis compléter le dessin d'une maison grâce à d'autres éléments amovibles pour parvenir à s'orienter dans un espace restreint et acquérir des repères topologiques. Des idées ingénieuses au service des intelligences enfantines avides d'explorations. Le travail de groupe, prépondérant en maternelle, aide les enfants : apprendre tous ensemble est très efficace. Éliane, forte de ses vingt ans de maternelle, sait concevoir des jeux qui mobilisent les enfants et les obligent à faire appel à leurs connaissances, leur raisonnement. C'est réjouissant de voir à quel point des petits de quatre ans sont prêts à se creuser les méninges avec jubilation pour gagner, trouver, réussir. Leur motivation ne se décrète pas, elle scintille. Toutefois, l'installation aux ateliers est plus laborieuse que je ne l'imaginais. Géraldine me donne les conseils nécessaires pour venir à bout de la situation. Elle sait notamment qui, de ces enfants, nécessite une attention, voire une surveillance particulière.

Assise auprès d'eux sur une chaise modèle réduit, je supervise l'atelier lecture autour de six bambins hauts comme trois pommes. Objectif : créer une affiche pour décorer leur chambre. Sous chaque type d'habitation déjà illustré, ils collent le bon mot correspondant, choisi parmi plusieurs étiquettes. D'un coup d'œil aux différents affichages ornant les murs, ils comparent les mots, écrits en grosses lettres majuscules. Ce travail de comparaison leur demande de la concentration et de l'énergie. Il s'agit là d'une véritable activité de lecture.

Paul, petit garçon timide et rêveur, s'applique à vérifier l'enchaînement de chaque lettre. Fatou, de ses doigts malhabiles, colle, décolle et recolle les étiquettes. Valentine, d'un regard vert amande un peu inquiet, attend que je valide chacun de ses gestes alors qu'en fait elle se débrouille très bien. Les enfants s'entraident, « J'ai déjà TIPI ! Tu le veux ? », se contredisent, « Mais non, c'est pas pareil à la fin du mot… », s'amusent, « Oh, y a la colle qui coule toute seule ! ». L'intonation particulière de leurs petites voix douces et nasillardes, un peu chantantes, m'amuse. Je fais face tant bien que mal, naviguant entre l'aide nécessaire à Thomas et Lison, l'écoulement trop rapide d'un tube de colle, l'éparpillement sur le sol des étiquettes, les sollicitations fusant de toutes parts, et Antoine qui vient m'informer gravement d'une grande nouveauté : ce soir c'est Mamie Simone qui vient le chercher…

Géraldine officie à l'atelier peinture. Après l'enfilage des blouses qui, en soi, est déjà tout un sport, cinq enfants s'emparent de gros pinceaux pour peindre des personnages autour d'abris choisis. Coulures et taches n'empêcheront pas la naissance de bonshommes colorés. Indien, Inuit, Africain et Chinois se verront affublés d'une tête ronde sans nez, d'où partent deux échasses sans pieds, et deux bras raccourcis aux mains étoilées. Dans mon atelier lecture, on joue au lièvre et à la tortue. Au bout de quinze minutes, certains ont achevé leur œuvre quand d'autres sont encore en pleine action. En CE1 je saurais ajuster la situation, mais chez les tout-petits je m'avoue dépassée. L'Asem me sauve en me signalant discrètement qu'il est l'heure des toilettes et de la récréation. Tandis qu'elle prend les choses en main, je termine avec quelques retardataires. Thomas se dandine sur sa chaise, impatient d'aller se défouler dehors. Par la main, je le conduis dans le vestiaire sans comprendre pourquoi il affiche une telle mine. « Tu as un problème ? » Silence… Son visage est figé sous ses cheveux frisés. C'est alors que je remarque sur son pantalon l'auréole qui s'agrandit, s'étale… Quelques gouttes s'échappent par le bas et s'écoulent dans les chaussettes. Monsieur l'ex-ministre de l'Éducation nationale, je vous le confirme, les enfants de maternelle ne portent pas de couche…

— Ce n'est pas grave, Thomas. Ce sont des choses qui arrivent. Mais tu sais dans ces cas-là il vaut mieux demander.

— …

— Bon, Géraldine va me dire où sont les vêtements de rechange. Tu m'attends, hein ?

— …

Ma collaboratrice du jour est affairée au milieu d'une nuée d'enfants papillonnants. De quelques signes brefs, elle m'indique l'armoire salvatrice puis, tel un chien de berger, rassemble le troupeau pour le conduire vers la sortie.

Thomas se tient immobile, jambes écartées et mine maussade. Je farfouille dans l'armoire pour dégoter du linge de rechange. Soucieuse de respecter sa pudeur, je retire prudemment ses vêtements. Mes gestes maternels le détendent. Une fois ses vêtements mouillés enfermés dans un sac plastique, je tente de l'aider à enfiler le premier change. Il se recule soudain.

— Non, veux pas ça !

— Tu veux le mettre tout seul ?

— Non, pas ça ! répète-t-il en montrant du doigt la culotte.

— Mais il faut bien te changer, Thomas, tu ne vas pas rester tout nu !

— Je mets pas ça, c'est pas un tasson.

— Un quoi ?

— Un ta-sson ! Ça c'est pour les filles !

En effet, je lui tends une culotte mauve, ornée d'un dessin de princesse des mille et une nuits…

— Mais tu sais ça ne se verra pas, on va mettre ce pantalon par-dessus…

— Je veux un tasson pour les garçons !

Un tasson, un tasson… Soudain un éclair traverse mon esprit :

— Ah ! un ca-le-çon ! Mais ici on n'a peut-être pas de caleçon comme à la maison. Attends, je vais chercher.

À tâtons dans l'armoire, ma main cherche d'autres piles de vêtements. Je fouille le tout en créant un certain désordre. Géraldine va râler… Quand soudain j'aperçois une petite corbeille marquée « Garçons » ! Ouf… J'extirpe ma trouvaille et là, ô joie : au-dessus de la pile trône un caleçon Spiderman. Je le brandis triomphalement sous les yeux soudain pétillants de Thomas, qui se rhabille en quatrième vitesse. Nos regards se croisent et maintenant, nous deux, on est amis pour la vie.

Lors de la récréation, je me rends en salle de motricité. Éliane m'a décrit tant bien que mal le parcours à installer. Les pieds pris dans les cerceaux, je trébuche contre les bancs miniatures avant de me coincer la main dans le coffre à ballons. L'installation à peine terminée, Géraldine arrive avec la classe. À cette époque de l'année, les petits ont bien intégré la règle : s'asseoir face à la maîtresse avant de se lancer ! Je donne les consignes et termine :

— Qui n'a pas compris ce qu'il faut faire maintenant ?

Plusieurs enfants interviennent pour me demander quelques précisions ou tout simplement pour se faire confirmer l'activité. L'écart de langage entre enfants du même âge est toujours surprenant : certains parlent avec aisance et précision, d'autres sont à peine compréhensibles, quant à certains je n'ai pas encore entendu le son de leur voix. Leurs attitudes sont aussi disparates : Ève est toujours là où il faut pour faire ce qui est attendu, Élias est sans cesse rappelé à l'ordre et s'investit peu dans les activités d'apprentissage. Mais à quatre ans tout cela est simplement le reflet de la diversité des êtres, que l'école doit prendre en compte pour faire évoluer chacun.

Encore deux doigts levés.

— Fatou ?

— Après c'est la cantine ?

— Bien sûr, comme d'habitude… Oui, Antoine ?

— Mais moi c'est Mamie Simone qui vient me chercher.

— Je sais, Antoine, je sais. Je ne vais pas oublier.

Les petites jambes courent, sautent, rampent. Quel plaisir se dégage de ma petite équipe olympique ! Ils rient, s'interpellent. Je fais face aux protestations, « Maîtresse y a Élias qui double ! », aux appels à l'aide, « Dominique y a Juliette qu'est coincée ! », et aux imprévus de toutes sortes.

11 h 30 arrive vite. Géraldine, précieuse assistante, met en place une file indienne pour former le fameux petit train, moyen de locomotion traditionnel des

maternelles pour se rendre d'un endroit à un autre. Le petit convoi s'éloigne dans une joyeuse queue leu leu. Au terme de cette matinée, il me semble avoir vécu une grande aventure… Un peu déboussolée et les oreilles bourdonnantes, je rejoins la classe et me laisse choir sur une de leurs chaises de lilliputiens, jambes presque à l'horizontal et dos voûté.

Le silence retombe, bienvenu, et là, maintenant, tout de suite, j'irais bien m'y ressourcer, moi aussi, chez Mamie Simone…

Musique

— Aujourd'hui, nous allons parler de Mozart. Ce qu'il a fait, où il a vécu, à quelle époque, etc. Alors, d'abord, Mozart est un grand… ?
Audrey :
— Garçon !

14

T'as eu des notes aujourd'hui ?

Anna et moi traversons la cour en échangeant à propos de la journée écoulée. Le lieu est maintenant désert, les enfants de retour chez eux ou occupés en salle d'étude. Dans la douceur du renouveau printanier, on se laisse aller à traîner un peu sur le banc avant la réunion de concertation, rappelée la veille par Marina sur le tableau de la salle des profs. « 17 heures à 20 heures. Merci de votre ponctualité. »

Un vrai festin d'école nous attend : biscuits rescapés d'une classe quelconque, sachets de thé vendus par boîte de cinq cents, café réchauffé au microondes… Chaque enseignante possède une tasse reconnaissable entre mille, offerte un jour par un enfant aux yeux brillants. La mienne est noire ornée d'une multitude de points colorés et j'y tiens beaucoup. Nous sommes treize instits, de la maternelle au CM2, à parler bruyamment au grand dam de notre directrice qui réclame pour la troisième fois un peu d'attention. Les unes et les autres se regroupent souvent par affinités et je me place entre Anna et Éliane. Avant de prendre la parole, notre directrice chausse ses épaisses lunettes à montures rouges.

— Nous avons un programme chargé ce soir. Je vous propose d'examiner les premiers points à l'ordre du jour. Notre tâche principale sera de préparer la nouvelle mouture du livret scolaire de Saint-Exupéry.

Soupir de Chantal allergique aux changements…

Une fois bouclés le règlement intérieur, la fête de fin d'année et le bilan des formations, l'équipe attend la suite avec un sujet ô combien sensible : la remise en cause du système de notation. À 18 heures, Anna me chuchote :

— Prête pour l'arène ?

Autour de la table, la tension est palpable. Maintes fois, nous avons débattu, en équipe, de l'évaluation des élèves. Dans notre école, il n'y a d'ailleurs plus de notes sur 10 ou sur 20. Les élèves connaissent leur niveau grâce aux lettres A, B, C, D. Ce système, facilement admis par les parents car finalement ancien, nous convient aussi. Pourquoi y revenir encore ?

Marina pose devant elle un dossier hérissé de multiples post-it colorés.

— Vous savez toutes que nous devons nous pencher sur le « livret personnel de compétences » des élèves qui a été élaboré en cohérence avec le « socle commun de connaissances et de compétences » en vigueur depuis 2005.

Ces mots devraient nous être familiers. Ils sont pourtant si loin de nous… Un nuage passe, en réalité un gros cumulonimbus… Maud, agitée sur sa chaise, marmonne avant de lancer d'une voix stridente :

— C'est quand même désolant de toujours devoir défaire ce qui a été fait. Tout le monde s'y retrouve avec notre livret actuel. Pourquoi s'acharner à le transformer en quelque chose de complètement incompréhensible pour les parents ?

Un feu nourri s'ensuit… Tout le monde veut prendre la parole, donner son avis. Sauf Chantal qui attend, lunettes posées sur la table et bras croisés. Marina recueille le tout avec l'écoute bienveillante d'un sage. Directrice avisée, elle sait que le terrain est miné. Une fois le calme revenu, elle peut répondre :

— Je comprends votre besoin de critiquer ces outils. Ils nous sont imposés. Je vous propose de lister en deux colonnes ce qui nous semble satisfaisant et ce qui ne nous convient pas.

Documents en main, Anna et moi établissons une première liste. Certaines formulations sont aussi opaques que risibles. Comment les parents pourraient-ils se satisfaire de ce langage abscons ? C'est là une question fondamentale et tout le monde en convient. En fait, il devrait exister deux types de documents. L'un à l'usage des enseignants, élaboré avec notre vocabulaire spécifique. L'autre, simplifié et abordable par les parents qui pourraient alors constater : « Mon fils en est là » ou « Ma fille sait faire ceci mais n'a pas compris cela. »

Un coup d'œil à sa montre et notre directrice amorce un tour de table. La démarche porte ses fruits, chacune alimentant de son mieux la réflexion. Pour ma part, je me sens ambivalente. À la fois agacée de devoir me plier aux injonctions ministérielles parfois mal pensées, et consciente de la nécessité de revisiter cette question de l'évaluation. À mon tour de m'exprimer :

— Ce qui est à évaluer est mal formulé, c'est parfois trop précis, ou bien fourre-tout. Mais je trouve l'évaluation avec un système de validation beaucoup plus dynamique et positif qu'une grille de notation.

Chantal intervient, un brin agressive…

— Pourquoi positif ?

Je me tourne vers elle en surmontant mon antipathie. Finalement, beaucoup de gens pensent comme elle, alors autant tester une explication.

— Tu prends un élève. Finalement, à un instant T, il y a ce qu'il sait… et ce qu'il ne sait pas encore ! Valider ce qu'il sait, avec un V par exemple, permet de lui dire : « Voilà, tu sais faire ça. La prochaine étape maintenant c'est ça. »

— Je ne vois pas la différence avec des notes…

— Avec notre système de notation, l'accent est mis sur ce qui n'est pas su. On sait bien que les parents cherchent tous les C et D, avant de féliciter pour les A et B !

— Et alors, c'est la réalité !

— C'est une façon de voir la réalité, ce n'est pas la seule. Et celle-là n'est pas très dynamisante pour celui qui rame un peu.

— Oui, mais il rame, alors faut bien qu'il le sache ! On va pas lui dire « bravo t'as pas compris » !

Est-elle de mauvaise foi ? Ou simplement campée sur des préjugés culturels ? Néanmoins, je persiste :

— Non. On va lui dire : « Voici ce que tu as validé. Il reste cela, tu vas t'entraîner pour le valider une prochaine fois. » C'est aussi la réalité.

Fin de la discussion. Braquée, Chantal s'est calée contre le dossier de sa chaise.

Dehors, il fait encore doux et clair et nous allons toutes ensemble jusqu'au métro, parlant de tout et de rien. C'est rare et bien agréable.

À 20 h 30, je retrouve ma petite famille qui m'accueille, à l'exception du cadet, apparemment peu pressé de sortir de sa chambre. Sûrement encore devant son écran de téléphone ! Mon aîné me relate sa sortie au Louvre, sa sœur chante à tue-tête un nouvel air appris en classe, mais Henri n'apparaît toujours pas. Étonnant. J'entrouvre la porte de sa chambre où il m'apparaît tout triste, assis par terre, ses bras encerclant ses genoux. Ah, un problème…

— Ben alors, ça va pas mon Boubou ?

— Non…

— Ah bon ? Qu'est-ce que tu as ?

— Je suis nul.

Sa voix est étranglée, il se retient mais je devine que les larmes ne sont pas loin. Mon univers se réduit brusquement à cette chambre, plus rien n'a d'importance à part mon ado recroquevillé sur sa moquette. Je m'assois en tailleur face à lui, les câlins ne vont plus de soi à son âge, alors, depuis quelques mois, je le laisse en prendre l'initiative.

— Nul toi ? Mais pourquoi tu dis ça ?

— Regarde.

Il me tend une feuille perforée qui a tout d'une copie scolaire : nom, prénom et classe dans la marge. Date sur la première ligne, centrée. Titre souligné : Expression écrite, sujet : « Vous êtes Sherlock Holmes et quelqu'un entre chez vous sans frapper pour vous demander de résoudre un mystère. Racontez, en vous inspirant du style de Conan Doyle. » Un espace délimité par deux traits tracés à la règle attendait les commentaires du professeur. Et le nœud du problème est là : 7/20. « Insuffisant » rédigé à l'encre rouge, d'une écriture pressée. Pourtant, il m'avait parlé de ce sujet qu'il pensait, d'ailleurs, avoir plutôt bien maîtrisé.

— Alors, qu'est-ce qui s'est passé ?

— Ben justement j'en sais rien !

— Comment ça ?

— Comment veux-tu que je sache ! Elle a rien mis en commentaire !

— Et la correction ?

— Quelle correction ? Y a pas de correction en expression écrite.

Il se ronge les ongles, d'autant que cette mauvaise note succède à une précédente. Cette fois, il est démoralisé.

— Je suis nul, je te dis. J'y arriverai pas. En plus ça me saoule la rédac.

— Laisse pour ce soir, mon Boubou. Au prochain devoir on essaiera de se préparer ensemble.

— Non. Je suis nul. Point.

J'enrage. Ce 7 atteint sa personne entière. Il vaut 7. Lui, en tant qu'être, se sent « insuffisant ». Pas de commentaires liés directement au sujet donné, pas de correction qui pourrait tout recentrer sur ce qui est réellement en jeu : la capacité à écrire à la façon de Conan Doyle. 7. Un curseur dans le rouge qui relègue l'élève au rang des insuffisants. Un fait sur lequel on ne reviendra pas. Je bouillonne. Non comme une louve qui défend son petit, mais comme une instit qui a réfléchi à l'évaluation, la vraie, celle qui porte, qui fait progresser, qui prend ses distances avec la personne, qui se centre sur l'apprentissage en tant que tel. Je sais tellement qu'il est possible de faire autrement.

Je me plonge dans le classeur de français de mon fils, je constate que les cours sont bien pris et intéressants. Mais aucune trace d'entraînement à l'écriture, de présentation d'un style particulier, ni d'une incitation à l'imiter, voire le maîtriser. La plume de Conan Doyle est commentée, mais rien n'est « mis à l'épreuve » auprès des enfants. Henri est donc évalué sur une compétence non enseignée. Comment ne pas trouver cela injuste, frustrant, stérile ?

Bien sûr, il arrive qu'une note soit objective. En anglais par exemple, si douze verbes irréguliers sur vingt sont faux, cela justifie un 8. Le message est limpide et le moyen de progresser facile à envisager ! Dans de tels cas, la note est un outil adapté sans contestation possible.

Combien de parents sont confrontés à ces questions ? Beaucoup, si j'en crois les conversations avec des amis, des parents d'élèves, ou glanées çà et là dans les jardins publics, aux terrasses de café ou dans les files d'attente au cinéma. Les notes sont bien au cœur du vécu scolaire. Au retour de l'école, la question rituelle n'est-elle pas : « Alors, tu as eu des notes aujourd'hui ? » Nos enfants s'en tirent en égrenant le même chapelet : « Oui mais tout le monde s'est planté » ou « La moyenne de la classe c'est tant », « Y avait des questions qui portaient sur un autre chapitre », « C'était juste mais pas exactement comme le prof voulait », « Mais un 7 avec cette prof c'est comme un 12 avec M. X », etc. Ces expériences interpellent tous les parents car l'évaluation pose une question primordiale : celle de la confiance en soi, surtout si les mauvaises notes s'enchaînent pour des raisons opaques. L'évaluation mérite donc toute notre attention de prof.

Plus tard, quand la maison dort, je reviens vers cet exercice d'expression écrite rageusement abandonné sur la table basse du salon. Certes, le texte est un peu maladroit, certaines concordances de temps à revoir, et des enchaînements de phrases puériles. Mais j'y décèle aussi des éléments appropriés, une volonté de créer du suspense, une description juste des personnages. Et quoi qu'en dise la prof, une petite pointe de Conan Doyle… Je brûle de faire ces commentaires dans l'espace prévu à cet effet et resté vierge. Y écrire les mots justes pour informer objectivement mon jeune écrivain des points à revoir et mettre en valeur ses choix judicieux. Des conseils qui, la prochaine fois, lui permettraient de dépasser 7.

Des mots. Contrairement aux apparences c'est là que se trouve l'évaluation rigoureuse ! Il faudra en débattre à la prochaine réunion de concertation… Trouver le meilleur moyen de faire avancer chaque élève sur sa route jalonnée de pauses, d'écarts, de déviations, voire, en cas d'erreurs, de demi-tours.

À pas de loup, je me glisse dans la chambre de mon fils endormi. Avec cet unique 7 insuffisant, aujourd'hui, il est resté en panne.

Jeu de langage

Quelques minutes avant la sortie, trouver rapidement un mot commençant par une lettre piochée :
— C ! Oui… Ariane ?
— Chat !
— Bravo. Attention, un autre : T !… Léo ?
— Tiramide !
— Mais non, Léo, ça n'existe pas tiramide…
— Si ! C'est dans la chanson !
— Quelle chanson ?
Sûr de lui, Léo entonne *La Marseillaise* :
— « Contre nous de la tiramiii-de ! »

15

Des couleurs et du bonheur

Je suis nulle en dessin. Mes bonshommes ressemblent à ceux de maternelle et lorsque j'ai besoin d'une illustration, soit j'imprime une image à partir d'Internet, soit je sollicite l'aide d'Ève qui, à huit ans, possède un coup de crayon extraordinaire. Cette insuffisance m'a longtemps empêchée de me lancer avec plaisir dans des activités artistiques. Je m'en suis toujours protégée en suivant avec mes élèves des sentiers battus : peinture libre, collage-assemblage, dessins géométriques au crayon de couleur. L'art à l'école, ce n'était pas pour moi. Jusqu'à cette rencontre avec un certain Claude Monet…

En 2010, l'exposition au Grand Palais à Paris présentait, sous la grande verrière, deux cents toiles du maître, merveilles impressionnistes prêtées par une soixantaine de musées internationaux. Ma famille ne put résister à une invitation aussi exceptionnelle, annoncée dans tous les médias et vantée par d'immenses affiches dans la rue ou le métro. Après une bonne heure d'attente à patienter dehors, à la tombée de la nuit, dans une foule sagement alignée, je suis enfin entrée dans le hall. Mon compagnon, plongé dans un descriptif, suivait mes enfants impatients munis d'audioguides. Parvenue enfin dans la première salle, postée devant la toile inaugurale, alors que le lieu n'était que vacarme et agitation, le silence se fit en moi. Une étrange sensation de solitude m'isolait de la foule.

Lentement, j'ai défilé devant les falaises de Normandie, les ponts d'Argenteuil, les séries de peupliers, les grands panneaux inachevés du *Déjeuner sur l'herbe*, les volutes de *La Gare Saint-Lazare*. Je me trouvais soudain happée par les nymphéas de Giverny et subjuguée par les paysages d'hiver. Comment peut-on peindre ainsi la lumière ?

En moi, je sentais l'instit se réveiller. Petit à petit, à pas feutrés, l'idée d'emporter cette magie en classe s'imposait. Les coquelicots à Argenteuil ? Je me voyais suggérer ces milliers de touches rouges. La pie ? Ils seraient ébahis de découvrir qu'elle les regarde. *Le Pont japonais* ? Nous goûterions ensemble le calme qui en émane. *Impression, soleil levant* ? Nous observerions de près les reflets. Tapis dans mon esprit, mes élèves suivaient l'exposition au gré de mes commentaires muets. Pendant toute la soirée, je me posai des questions qui deviendraient les leurs : comment Monet a-t-il fait ? D'où lui venait ce génie ? Mon désir rejoindrait bientôt le leur : essayer aussi…

Je n'ai rien dit à ma famille ce jour-là. Au retour, les discussions allaient bon train, chacun élisant sa toile préférée, échangeant ses impressions, contredisant l'un et approuvant l'autre. Ils ne savaient pas alors que je les observais et piochais dans leurs palabres des repères pour faire découvrir Monet à mes CE1.

Longtemps, j'ai hésité à me lancer. De Giverny au musée de l'Orangerie en passant par celui de Marmottan, j'ai cheminé vers mon projet. Déambulant dans le jardin et la maison du peintre ou m'asseyant, contemplative, devant les gigantesques *Nymphéas*, j'ai tenté de lier l'artiste à ses toiles, l'homme à ses tableaux, ses peintures à l'histoire. Et puis, je me suis sentie vraiment prête le jour où, six mois plus tard, j'ai noté dans mon journal de classe : « Art. Claude Monet et l'impressionnisme. Séance 1. » Ce jour-là, il faut simplement commencer par le commencement. D'abord leur montrer son visage, son allure, afin qu'ils puissent se l'imaginer et faire le lien entre l'œuvre et l'artiste. Cet homme qui observe, doute, cherche, fait des choix.

Une fois dans la classe, les élèves sont surpris par la disposition du mobilier. J'ai regroupé les tables par six pour faciliter les échanges, avec au milieu de la pièce un espace pour projeter les images téléchargées la veille sur Internet.

— Pourquoi t'as mis les tables comme ça ? demande Agnès.

— Oh ! Regardez, la maîtresse a branché le truc qui met les images sur le mur !

— Le vidéoprojecteur, Félix…

Arthus et Hugo débattent à propos du branchement, des touches du clavier, de la marque de mon ordinateur. C'est plaisant de les voir ainsi complices. Depuis peu, Arthus se montre de nouveau un peu agressif et je dois le canaliser pour éviter qu'il casse son matériel ou provoque les autres enfants. Le voir aujourd'hui calme et serein renforce mon élan.

— Prenez place où vous voulez, même si ce n'est pas votre table.

Je les laisse s'associer par affinités. Les élèves adorent changer de place et le font avec entrain. Un petit vent de liberté souffle sur cette autorisation inhabituelle. Je demande le silence et goûte leur attente : regards tournés vers moi, dos droits et bras sur leur table.

— Je vais vous présenter quelqu'un que j'aime bien et…

— Il va venir dans la classe ?

— C'est un homme ou une femme ?

— Attendez ! Laissez-moi terminer ! Regardez bien la photo que je vais projeter sur le tableau blanc et dites-moi si vous connaissez cette personne.

Apparaît la photo en noir et blanc de Claude Monet, âgé d'une soixantaine d'années. Un portrait célèbre où son air sérieux et sa longue barbe lui donnent un air de pope russe.

— Mais… il est super vieux !

— Moi je le connais ! Je l'ai déjà vu quelque part mais je ne sais plus où…

— Il a pas l'air très gentil.

— Tu le connais toi, maîtresse ?

— Je ne peux pas le connaître pour de vrai car il est mort maintenant. S'il était encore vivant il aurait cent soixante-douze ans !

— Oh ! là, là ! …

— Mais je le connais bien quand même grâce à son métier…

— Il était footballeur ?

— Non.

— Chanteur ?

— Non, mais c'était un artiste !

Leurs références me font rire. Clara, pour une fois, surmonte sa timidité :

— Moi je sais. C'est un peintre connu. J'ai un livre sur l'art et il y a cette photo dedans. Mais je ne sais plus son nom.

Je baisse d'un ton pour prononcer son nom…

— Il s'appelle… Claude Monet.

— Ah oui !… J'le savais !

D'autres photos suivent et les aide à cerner le personnage. Leurs questions jaillissent de toutes parts, rebondissant sur chaque nouvel élément de la vie de l'artiste : sa jeunesse, sa résidence, sa famille, ses amis, ses voyages. Dans un premier temps, je ne projette pas de tableaux, je les mets juste en appétit. Jusqu'au bon moment…

Mon intention n'est pas de leur livrer un exposé strictement pédagogique. J'aurais pu préparer un montage thématique ou chronologique. Au contraire, je choisis de plonger les enfants dans une tourmente de sensations. Une douzaine de tableaux me paraissent tout à fait appropriés, projetés sans commentaires pour laisser libre cours à leurs impressions. Au moment de lancer le diaporama, honnêtement, je ne suis pas très sûre de moi… Et pourtant ! Je reste sans voix face à leurs réactions. Avec leurs mots d'enfants, ils dévoilent un sens aigu de l'observation, une capacité insoupçonnée à percer les secrets de l'image, à relier le tableau à l'intention du peintre.

— On dirait qu'elle s'ennuie cette dame…

— Bof, moi je dirais qu'elle est plutôt tranquille. Tu vois, elle est avec des amis.

— C'est bizarre ces arbres, on dirait qu'ils vont jusqu'au bout du monde !

— Les nénuphars sont pas comme d'habitude.

— Ben oui, c'est normal, le peintre il fait ce qu'il veut…

— Oh ! là, là ! Toute la fumée ! C'était comme ça les trains ? Il a dû utiliser plein de gris Monet, là !

— Comme pour le lac gelé, il a utilisé plein de blancs pour faire la glace et la neige.

La projection se termine sur un nymphéa en gros plan qui provoque un enchantement collectif spontané. Éléonore se lève alors et écarquille ses yeux verts :

— Et si on le faisait nous aussi ?

— Quoi ?

— Un nymphéa. Comme Monet. Tu nous laisses le modèle, on regarde bien et on le fait.

Sans attendre ma réponse, les quatre coins de la classe me renvoient le même écho.

— Oh oui, allez dit oui Dominique !

— S'il te plaît, maîtresse, on peut essayer ?

— Et après on l'affiche dans la classe ! s'exclament-ils.

Ils ignorent que la reproduction d'un nymphéa est déjà au programme…

— D'accord. Demain matin, nymphéa !

L'annonce est saluée de « hourras » auxquels se mêle Arthus qui sautille en cadence avec Hugo. Chantal, alertée par ce raffut inhabituel, jette un œil courroucé par les vitres du vestiaire et s'éloigne en maudissant sûrement l'anarchie dans ma classe. Je connais le refrain, il va falloir redresser ça… Ce n'est pas rendre service aux élèves…

Le lendemain matin, tôt, je dispose le matériel sans toutefois oser sortir d'emblée les tubes de peinture de crainte des débordements : je ne maîtrise pas vraiment cette créativité… Et puis, nous ignorons encore tout de la technique du peintre. Je constitue une réserve de pastels, ces craies grasses de toutes les couleurs dont Éliane possède un stock en maternelle. Le pastel a l'avantage de recouvrir une surface avec une bonne opacité. Devant chaque place, je pose une photocopie très éclaircie, en noir et blanc, du fameux nymphéa en gros plan avant d'aller chercher mes artistes en herbe dans la cour. Ô surprise, je les vois déjà en marche, serrés derrière le rang de Chantal. Justine répond à mon étonnement :

— On est montés parce qu'on était prêts.

— Ah ! c'est bien. C'est Marina qui vous a dit de suivre les autres ?

— Non, c'est nous ! claironne fièrement Hugo.

— On a envie de commencer Monet…, ajoute Clara.

Impatients de se lancer, ils reprennent vite leurs places de la veille et échangent à bâtons rompus au sujet du matériel inhabituel. Le but de la séance est de colorer la photocopie en jouant sur les teintes à la manière de Monet. Au mur, plusieurs reproductions en couleur servent de référence. Certains se lèvent pour aller les scruter, d'autres n'en éprouvent pas le besoin. En retrait, je les laisse essayer. Samia empoigne, d'une main assurée, une craie bleu foncé et tapisse ardemment son plan d'eau. Éléonore se dote de trois verts différents pour les feuilles. Lâam hésite, saisit un blanc, le repose, prend un bleu avec lequel il effleure le papier avant de l'échanger contre un autre plus clair. Il me fait signe et chuchote à mon oreille :

— Je sais pas comment faut faire…

— Tu veux commencer par l'eau ou par le nymphéa ?

— C'est quoi le mieux ?

— Ce que tu veux, Lâam, c'est ton dessin. Rien n'est faux. Ce qui est bien c'est ce que tu décides.

— Je sais pas moi…

Lâam a l'habitude de ne pas savoir… Calmement, je tente de l'inciter à poursuivre, mais il a besoin d'un accompagnement. Doucement, je pose ma main sur la sienne et guide ses doigts qui enserrent toujours le pastel bleu clair et, d'un même geste, lent, nous dessinons sur le papier une eau limpide. Sans un mot je prends un autre bleu, plus foncé, tirant vers le violet. Nos deux mains poursuivent leur œuvre. Mon petit élève se détend. Les bleus se confondent, il découvre qu'une couleur peut en chevaucher une autre et que les teintes comme les effets peuvent se moduler. Alors, je lève ma main et le laisse poursuivre seul. Il marque une pause, ses beaux yeux acajou me regardent. Son histoire de petit garçon adopté m'envahit, j'aimerais tout savoir des brumes matinales de son Cambodge natal. La source de ses difficultés, s'y camouflent-elles ? Je cherche, en vain.

Un sourire, partagé, et il choisit un vert forêt pour esquisser une feuille du nénuphar. D'abord hésitant, son geste prend de l'ampleur. Concentré, il s'applique et plus rien n'existe autour de lui. Samia, elle, n'a pas perdu une miette de notre échange et, penchée sur le dessin de son voisin, s'enthousiasme avec candeur.

— Waouh ! C'est trop trop beau c'que t'as fait ! On dirait un vrai de Monet !

Malgré la retenue de ce petit garçon, si souvent en échec, je devine la vague de bonheur qui déferle en lui. Une métamorphose s'opère et soudain, là, entre les quatre murs de ma classe, il se sent fort. Fort pour de vrai. Fort tout seul. Fort par lui-même. Je me promets alors que l'art ne manquera plus jamais à mon enseignement.

Je navigue entre eux avec délectation. J'avais craint une agitation difficile à réguler. À tort. Ils sont calmes, tout à leur affaire, guidés par leur intuition créative. De l'observation des images à leur découverte des effets du pastel, ils multiplient les essais en superposant de nouvelles teintes. Un jeu à l'infini. Sous mes yeux admiratifs éclosent vingt-huit nymphéas colorés, irisés, clairs ou sombres, dans des eaux troubles ou cristallines, bleu-noir ou vert-de-gris. Chaque enfant dévoile son œuvre, argumentant son point de vue, l'affrontant à celui des autres. Ils se montrent respectueux et raisonnables, à aucun moment je n'aurai besoin de les rappeler à l'ordre.

À l'heure dite, les élèves me tendent leurs créations que je fixe au mur, une à une, debout en équilibre instable sur mon escabeau, sans recul pour apprécier l'ensemble. Une fois redescendue, je suis époustouflée, la composition est remarquable.

C'est décidé, jusqu'à la fin de l'année il y aura chaque jour un moment de pratique artistique. Il me reste un mois ! Comme Lâam, j'ai pris confiance en moi…

Au cours des séances suivantes, nous observons les peintures de Monet à l'aide de loupes et chacun y va de son hypothèse.

— En fait, il a fait des petites touches, comme des virgules.

— Oui, pour les reflets sur l'eau il a sûrement mis son pinceau comme ça ! montre Arthus en malmenant les poils de sa brosse.

— De près tu vois pas que c'est une fleur. Faut se reculer.

Le passage à l'usage de la peinture se fait aussi sereinement que la « matinée pastels ». Persévérants, ils reviennent dix fois sur un effet de vent dans un arbre. Ils retouchent l'orangé d'un soleil levant, redessinent la silhouette d'une maison au loin ou ajustent l'arche d'un pont. Entre brouillons, maladresses et imprécisions, s'affirme quand même une certaine aisance. Qu'ils aient ou non l'œil expert, ils prennent un grand plaisir à créer et oser les mélanges de textures et de teintes.

Anna est régulièrement venue constater l'avancée des travaux. S'amusant d'abord de mon admiration naïve, me surnommant « Madame Claude M... », elle se laissera conquérir et ne manquera plus aucune nouveauté picturale du CE1-B.

Le 20 juin, nous pourrions orner n'importe quelle galerie d'art ! Nos peintures ont déjà largement empiété sur le mur du vestiaire. Mais, en début d'après-midi, je prévois de les rendre à leurs auteurs.

— Le moment est venu de reprendre vos œuvres. Encore bravo !

— C'est dommage..., boude Justine aux sourcils froncés.

— Ne sois pas triste, ça ne nous empêche pas d'en faire encore une ou deux avant la fin de l'année.

— Non, c'est pas ça.

— Quoi alors ?

— C'est beau quand tout est ensemble. On devrait le laisser et le montrer aux parents comme ça.

— Oui, c'est vrai Dominique. Les parents ils seraient scotchés de voir ça ! ajoute un Arthus convaincu.

Ils ont raison. D'un mot, la maîtresse allait leur signifier que tout a une fin et qu'il faut s'y plier. Mais non :

— D'accord. Alors, on va faire une belle exposition pour la fin de l'année.

Explosion de joie, remerciements bruyants et… Chantal de nouveau à la vitre !

Qui dit exposition dit invitation. Dès le lendemain matin, je les remets à l'ouvrage pour concocter, par groupe de quatre, une affichette. Au final, tous les parents sont conviés à un « vernissage » (mot inconnu mais plébiscité par mes petits élèves qui se sentent pousser des ailes) le 29 juin en classe de CE1-B, à partir de 16 h 30. Au-delà de la rencontre rituelle autour d'un goûter, je cherche un moyen de rendre ce moment inoubliable. Et, bientôt, j'ai ma petite idée…

Un parfum d'été plane sur l'école. Les filles ont sorti leurs robes à bretelles, les garçons portent des sandales de cuir, notre nouveau ministre est agrégé de philosophie ; bref, la vie est belle !

Le jour J, Éléonore et quelques filles souhaitent rester avec moi pendant la récréation pour arranger les lieux. Félix vérifie la fixation des peintures et Louis placarde un « Bienvenue » à tous les parents sur la porte de la classe. Et tous les enfants oscillent entre trac et excitation. Peu avant l'arrivée des parents, je dévoile mon idée :

— Voilà, vous allez apprendre à vos parents à peindre à la manière de Claude Monet !

— Mais comment ?

— J'ai commandé il y a longtemps une grande toile spécial peintre et je ne m'en suis jamais servie. On va l'utiliser aujourd'hui.

Tirée d'un étui de papier apparaît une toile tendue sur tasseaux, que j'ai déjà recouverte au rouleau d'un fond céruléen, mélange de bleus et de violets. Mon petit auditoire n'en revient pas… partagé entre appréhension et fierté. J'installe l'objet sur un tréteau avec, à portée de main, un assortiment de peintures et de pinceaux posés sur le bord d'une table.

— Vous allez être leurs maîtres. Chaque parent devra peindre sur ce fond un nymphéa en se laissant guider par vous.

— C'est super !

— Mon père, il voudra jamais…

— Mais si, quand il verra ma mère le faire il va pas se dégonfler !

— Mais moi je crois que mes parents ils ont jamais peint !

— Moi ma mère elle prend des cours de dessin alors…

À 16 h 30 arrivent les premiers parents, curieux de déambuler devant des *Impression, soleil levant* plus vrais que nature, une collection de *Pont japonais* à l'architecture tout enfantine et des étendues de champs de coquelicots. J'écoute les commentaires, les questions, les félicitations. Bien sûr, chacun désigne sa propre création à son père et à sa mère en admiration… La petite foule de visiteurs, gobelet de jus de fruits dans une main et madeleine dans l'autre, me dispense ses compliments comme dans une authentique exposition. Le chevalet en attente d'artistes commence à intriguer… Et là, les enfants prennent eux-mêmes les choses en main.

— Tu vois, papa, tu dois bien observer le modèle. Essaie d'imaginer le peintre en train de faire le contour de cette feuille.

— Viens, maman. Pour la fleur tu dois partir de là avec ton pinceau ; vas-y, voilà, c'est bien…

— Mais ça coule, papa, fais gaffe, ça coule !

— Tu peux faire le cœur de la fleur plus clair si tu veux. Regarde celle-là. Tu vois ?

Les adultes se prennent au jeu et, appliqués, réalisent leur nymphéa en communion avec l'enfant, suivant à la lettre ses conseils avisés. Amusée, je constate que certains parents craignent les regards alors que d'autres se mettent un peu en scène. Bientôt, un attroupement s'est formé autour de notre toile dont l'étang se tapisse de verdure fleurie.

Une fois la dernière famille partie, au milieu du désordre, des taches de peinture et des miettes qui jonchent le sol, je réalise la magie du moment vécu. Les parents ont joué le jeu. Assise sur un coin de mon bureau, je contemple la toile ornée d'une vingtaine de nymphéas aux couleurs et contours divers. Certains se veulent discrets, d'autres s'imposent crânement, autant d'essais originaux et de tentatives très personnelles…

Mon œil est alors attiré par de drôles de pattes de mouche en bas à gauche de la toile. Je m'approche et lis les signes minuscules : à côté d'un nénuphar particulièrement aérien est signé « Lâam et sa maman »…

Parole

Retour de récréation. Les garçons un peu essoufflés, les filles terminant leurs bavardages. Lou arrive devant moi en me regardant, sourire timide. Elle ralentit, peu soucieuse de la bousculade qu'elle provoque, et prend son inspiration pour un simple chuchotement :

— T'es belle maîtresse…

16

Encore un premier jour

Quatre septembre 2012.

Aujourd'hui c'est ma vingtième rentrée.

Mes CE1 sont devenus des CE2. Ce matin ils étaient en rang devant une porte qui n'était pas la mienne…

Avant cela, beaucoup sont venus me dire bonjour, cartable au dos, chaussures neuves et mine bronzée. Certains ont vraiment poussé pendant l'été. Ils m'ont raconté leurs souvenirs de vacances, leurs exploits, leurs nouvelles passions. Attentive à chacun, j'ai distribué des « Ah bon ? », des « Super ! », des « C'est génial ! », prodiguant aussi des encouragements pour cette nouvelle année.

À l'heure dite, Marina, détendue et souriante, a sonné la cloche avec énergie. J'ai alors rejoint mes nouveaux élèves. Un nouveau rang ! Quelques sourires aux parents, qui m'ont adressé de petits signes sympathiques et ont embrassé plusieurs fois la prunelle de leurs yeux. Alexis, un petit nouveau, pleurait un peu. Je me suis avancée et l'ai pris doucement par la main.

Puis j'ai laissé Jérôme monter d'abord avec sa classe. Eh oui ! Reçu avec succès au concours, il retrouve Saint-Exupéry, nommé sur le poste de Chantal partie à la retraite. Il découvrira sur son bureau un petit cadeau que j'ai déposé en douce ce matin. Dans l'enveloppe de papier kraft l'attend le livre de Philippe Meirieu qui, je l'espère, l'accompagnera dans ses premiers pas : *Lettre à un jeune professeur*.

Par la fenêtre de sa classe, Anna m'a adressé un grand signe complice qui m'a fait rire. De son voyage en Italie elle rapporte des souvenirs croquants, et, me semble-t-il, un secret… Confidences en perspective !

Au cours de cette belle journée de rentrée, adultes et enfants ont commencé à s'apprivoiser. Alexis a séché ses larmes et finalement illuminé la journée de son sourire édenté. Une petite Blanka a voulu me faire comprendre plein de choses en hongrois, sa langue maternelle. Lucas, lui, va avoir besoin d'intégrer quelques règles de comportement…

16 h 45. Voilà, c'est fini pour aujourd'hui. Sans me presser je referme la porte de ma classe en pensant à mille petites choses.

J'allais donner un deuxième tour de clé quand un bruit de pas me surprend, je tourne la tête avec étonnement. Arthus est là, dans le vestiaire, solaire. Je m'approche lentement et lui ébouriffe les cheveux, il me tend alors un objet d'un air décidé. C'est un coquillage sur lequel est gravé son prénom. Je m'incline pour l'embrasser, mais il file avec ce sourire qui n'appartient qu'à lui. Il n'y aura pas de mots. Inutile. J'ouvre à nouveau la porte et pose délicatement le coquillage sur mon bureau. Il y est toujours.

Je remercie vivement les personnes qui ont lu mes textes et, avec délicatesse et sérieux, m'ont fait part de leurs avis :

Bernard Seytre, mon compagnon, pour ses minutieuses relectures souvent tardives, et son aide quotidienne qui m'a permis d'avoir le temps d'écrire.

Blandine Levouedec, ma sœur instit, si bon public, première à avoir versé des larmes sur Arthus et ri de Mamie Simone ! Clin d'œil…

Dominique Le Doze, ma complice de travail et mon amie, pour m'avoir dit un soir d'hiver dans un restaurant marocain : « C'est une idée super, lance-toi. »

Sophie de Sivry, bien sûr, qui a cru à ce livre tout de suite. Un merci particulier pour son accompagnement subtil, ses conseils avisés, son regard confiant, ses paroles généreuses.